계획은 없습니다

김나훔 에세이

낮은산

차례

나는 그림을 그리는 사람이다. 사진과 영상이 들어간 복합적인 창작물을 만들면서 전시도 한다. 아내와 강릉에서 '오어즈'라는 조그마한 갤러리 겸 편집 숍도 운영한다. 최근에 낮은산 청소년 에세이 '해마' 시리즈의 책 표지 작업을 맡았다. 여러 권의 책 표지에 내 그림이 사용된다는 것은 몹시 영광스러운 일이다. 이 책도 바로 그 시리즈 중 하나다. 책 표지를 맡았다면서 왜 글을 쓰고 있는가? 사실 지금도 조금 얼떨떨하다.

이 책은 성공보단 실패와 좌절이 대부분인, 한길만 열심히 파도 성공의 근처에 닿을까 말까 하는 세상에서 재밌어 보이는 일로 마냥 시간을 낭비하고,

샛길로 새면서 어른이 된 한 사람의 이야기다.

'이런 식으로 살아도 될까?'

이 생각을 하며 제법 많은 세월을 보낸 것 같다. 방황 속에서 좌절하고, 큰 우울증을 겪던 시절에 그 증세는 더 심해졌다. 분명 바른길이 있다고, 평균의 삶이 있다고 믿던 시절이다. 지금은 그 생각이 얼마나 바보 같았는지 깨닫고, 삐뚤삐뚤 걸어왔던 내 삶에 애정과 자부심을 느낀다. 유일한 후회가 있다면 '좀 더 당당하게 걸어도 좋았을 것' 정도랄까.

국룰, 국평, 미만잡, 평타라는 말들을 운운하며 알 수 없는 기준을 만들고 그 기준을 웃돌면 안도하고 밑돌면 패배감을 느끼게 하는 사회에서 살다 보면 불행해지기 쉽다. 여전히 그런 경쟁 속에서 자신을 증명해야 하고 기준에 들지 못할 때 박탈감을 느끼는 사람이 많다. 내가 아는 바에 따르면 인생 대부분의 일은 우리의 계획이나 기대를 벗어난다. 알 수 없는 우연과 인연이 빗발치는 인생에서 딱 하나 내가 할 수 있는 게 있다면, 그건 오늘, 내가 하고 싶은 일을 하면서 재밌게 사는 것이다.

삶은 다채롭고 그 결이 무한하여 단순히 키 재듯 우열을 가릴 수 없다는 것을 이제는 안다. 어린 시절 여러 사정으로 주류에 속하는 길을 다행히(?) 잃은 나는 나만의 길을 가기로 했고 여전히 그렇게 살고 있다. 섞이지 못할 세상의 뒤꽁무니를 쫓을 바엔 그냥 나답게 살기로 한 것이다.

나이를 먹고 육체는 늙어 갈지언정 정신만은 한없이 자유롭고 젊어지는 기분이 든다. 설령 이런 삶이 어느 날 끝난다 하더라도 여태껏 즐거운 시간이 더 많았으니 그걸로 충분하다고 생각한다. 한 번 사는 인생 불안해도 나답게 재미있는 일을 하며 늙어 가고 싶다.

이미 버스는
떠났다는 기분

나는 강원도 속초에서 중, 고등학교를 다니며 사춘기 시절을 보냈다. 그때 살던 집 뒤편으로 설악산 줄기가 보였다. 내 방 창문을 열면 멀리 호수와 바다 풍경이 겹겹이 펼쳐졌다. 하교 후 갈아입을 옷만 챙겨 친구들과 근처 바다로 달려가 해수욕을 한 적도 있었고, 늦은 밤 차도 사람도 없는 뻥 뚫린 대로변을 혼자 노래를 부르며 걷기도 했다. 물론 그때는 이런 것들이 좋다는 생각을 하지 못했다. 10대의 나에게 속초는 너무 좁았다. 어른이 되어 이 학교, 이 동네를 벗어나기만 한다면 새로운 세상이 나를 기다리고 있을 것이라는 막연한 기대를 품었다.

　학교 공부에는 그다지 취미가 없었다. 국어, 미술,

체육 시간 말고는 지루하기만 하고 시간 낭비처럼 여겨졌다. 특히 괴로운 건 수학이었다. 선생님은 앞에서 열심히 설명하는데 나는 이미 저만치에서부터 길을 잃어 진도를 따라가지 못했다. 반 아이들은 모두 이해하고 있는 것처럼 보였다. 선생님은 "이해 못한 사람?" 하고 질문을 던졌지만, 나는 그 정적을 뚫고 손을 들 수 없었다. 나 하나 때문에 수업을 멈추고 같은 내용을 계속 반복할 수는 없다고 생각했다.

칠판 앞으로 한 명씩 나와 수학 문제를 푸는 시간은 내 평생을 통틀어 가장 괴로웠던 순간으로 남아 있다. 지금도 가끔 시험지 앞에 앉아 머리가 하얘진 채로 연필을 굴리는 어린 시절의 내 모습이 꿈에 나온다.

수업 시간에 즐겁게 했던 일이라고는 연습장에 그림을 그려 친구들에게 보여 주거나 교과서나 문제집 모퉁이에 낙서를 끄적이는 정도였다. 당연히 성적은 바닥을 쳤다.

중학교 2학년 어느 날, 난 엄마에게 학원에 다니고 싶다고 말했다. 당시 반에서 1, 2등 하는 친구들이 다니는 학원이 있었는데 거기에 가고 싶다는 말이었다. 급식비도 가끔 밀려서 도시락을 싸서 다녔던 우리 형편을 알면서도 그런 말을 했다. 엄마는 '그건 좀 어렵지 않을까?'라고 했다. 나는 이대로 가다간 정말 학교 꼴등으로 떨어질 것 같다고, 그 학원에 다니면 친구들처럼 공부를 잘하게 될 것이 분명하다고 강력하게 호소했다.

그때 나는 무슨 감정이었을까? 기억을 더듬어 봐도 학원에 다니는 친구들이 즐거워 보이거나 부럽진 않았다. 그보단 어린 나이에도 경쟁에서 더 이상 뒤처지는 건 곤란하다는 위기의식과 그 불안을 어딘가에 기대고 싶다는 마음이 아니었을까 싶다. 쓸모 있는 인간이 되려면 이 방법밖에는 없다는 생각이 점차 굳어진 것이다. 그렇게 몇 번의 설득 끝에 나는 엄마에게 절반 정도의 승낙을 받아 냈다.

"그럼 가서 상담이나 받아 보자."

늦은 밤, 일을 마친 엄마와 그 유명한 학원으로 갔다. 어두운 골목과 대조되게 건물 안은 환했고, 강의실은 내 또래 아이들로 가득 차 있었다.

'지금쯤이면 나는 집에서 탱자탱자 놀고 있을 시간인데……'

딴 세상이 펼쳐진 것 같았다. 긴장되는 마음으로 조명이 눈부신 복도를 지나 원장실에 들어갔다. 다소 무거운 인상의 학원 원장은 이 학원의 특징과 교육 방침에 대해 자세하게 설명했다. 이어 1학년 때부터 현재까지의 내 학교 성적을 포함하여 몇 가지 질문을 했고, 나는 솔직하게 이야기했다. 한참 이야기를 나눈 뒤 원장은 잠시 말을 아꼈다. 그리고 이렇게 말했다.

"저희 학원은 일단 엉덩이를 붙이고 앉아서 공부할 수 있는 학생을 받고 있어요. 이 정도로 성적이 떨어져 있는 학생은 저희 기준에서는 좀 어렵지 않을까 생각합니다. 다른 학원을 알아보시는 것도 방법일 것 같아요."

학원을 나온 뒤 엄마와 나는 어떤 말도 할 수 없었다. 나는 적잖이 충격을 받았다. 돈이 문제라고만 생각했는데, 그 문턱에 가 보기 전 이미 나는 부적격자로 판명이 나 있었다. 딱히 굴욕감조차도 느끼지 못할 만큼 상황은 빠르게 종료되었다. 열다섯 어린 나이에 느꼈던 그 낙오감을 시작으로 천천히 내 마음에 자신감은 사라져 가고 있었다.

난 결국 성적을 올리지 못했고, 특성화고등학교로 진학했다. 두부 자르듯 성적으로 잘려 들어온 학교에서 나는 패배감을 느꼈다. 순위에서 밀린 기분으로 학교생활을 시작하는 것은 그다지 유쾌한 일이 아니었다. 입학한 학교는 주로 상업 경제, 회계 원리, 컴퓨터 정보처리 등을 전문으로 가르치는 학교였다. 나로선 전혀 흥미가 생기지 않는 일이었다. 성적순으로 잘려 들어와서 내 적성과는 상관없는 이런 것들을 공부해야 한다는 사실이 여전히 물음표로 남았고 뭘 더 잘하고 싶은 마음도 들지 않았다. 나처럼 들어온 주변 친구들의 분위기도 마찬가지였다. 우리 학교는 경쟁이나 긴장감과는 거리가 멀었다. 그렇게 이미 버스는 떠났다는 기분으로, 적당히 낙오한 느낌으로 살았기에 나는 또래 친구들보다 덜 경쟁적으로 학창 시절을 보냈다.

조양동 두 마리

고등학교 1학년, 우연히 다이나믹 듀오 1집 앨범을 들었다. 그리고 그 길로 완전히 힙합 음악에 빠지게 되었다. 남녀 간의 사랑이나 이별을 주제로 하는 주류의 발라드 노래와 다르게 묵직한 비트 위에 사랑뿐만 아니라 일상, 불만, 자유를 외치는 랩은 어린 내게 신세계로 다가왔다. 그리고 중학교 동창이었던 한 친구를 만나며 좀 더 깊이 음악에 빠져들었다.

친구는 나보다 한참 전에 친척 형들을 통해 힙합 음악을 알게 되었다고 했다. 그리고 보니 소풍날 친구가 입었던 옷은 어딘지 느낌이 달랐다. 바닥에 끌릴 것 같은 펑퍼짐한 바지와 헐렁한 티셔츠에 화려

한 모자까지. 중학교 때, 학교 복도에서 친구가 하이 톤의 목소리로 랩을 들려주었던 것도 기억났다. 다른 친구들이 리쌍의 개리 같다며 몰려들기도 했다.

다른 고등학교로 진학하며 만남이 뜸했던 친구에게 나는 오랜만에 연락했다. 나보다 훨씬 오래전부터 힙합에 심취해 있던 친구는 진지한 태도로 내게 말했다.

"기존의 노래를 그대로 따라 부르는 건 진짜 힙합이 아니야. 자기 얘기를 직접 가사로 써야 돼."

'오, 그게 가능한 일인가?'

처음에는 도무지 감이 오지 않았다. 하지만 천천히 가사를 생각해 노트에 써 가면서 이게 가능한 일이구나 깨닫게 되었다. 당시 속초 조양동에 살았던 친구와 나는 '조양동 두 마리'라는 팀 이름을 짓고 노래도 몇 곡 만들었다.

높고 높은 하늘, 그 아래서 사는 나는

M.U.S.I.C과 함께 살고픈 마음

답답한 일상은 가끔 내 목을 졸라

어느 방향으로 가는지 나도 잘 몰라!

어른들은 따분하게 삶을 살아, 다 그래?

난 그럼 어른 따위 되고 싶지 않아. (Yeah)

지금 들어 보면 조악한 내용이지만 나름 그 당시에 했던 고민을 진지하게 가사로 적었다. 학교는 달랐지만, 음악에 대한 이야기를 나눌 사람이 서로밖에 없었던 우리는 종종 만났다. 늦은 밤 귀갓길, 우리는 걸어가면서 서로가 랩을 할 수 있게 비트박스를 깔아 주고 거기에 맞춰 랩을 했다. 지금 생각해보면 참 귀엽고 순수했다.

3학년 때는 랩뿐만 아니라 힙합 비트를 만드는 데에도 관심이 생겼다. 기존 노래의 비트 위에 가사를 쓰는 방식에서 더 나아가 내 음악을 만들어 보고 싶었다. 인터넷에서 간단한 방법으로 비트를 만들 수 있는 프로그램을 찾았다. 악보를 보는 방법이나 화성학에 대해서 전혀 몰랐던 나는 매우 직관적인 방법으로 일일이 마우스로 클릭해 소리를 들어, 가며 비트를 만들었다.

하교 후 집에 돌아와 비트를 만드는 데 재미 들였고 연습 삼아 몇 곡을 만들었다. 대체로 허접한 수준이 고만고만했지만 그중 한 곡이 꽤 마음에 들었다. 당시 재밌게 봤던 일본 드라마 주제곡의 멜로디를 가져와 만든 곡이었다. '다른 사람들 귀에는 어떻게 들릴까?' 궁금해져 힙합 커뮤니티 게시판에 올렸는데 음악 파일을 메일로 받고 싶다는 댓글이 100개가 넘게 달렸다. 창작을 통해 그런 큰 반응을 얻은 것은 살면서 처음 겪어 본 일이었다.

학교 축제 때는 가요제에 참가했다. 난 랩으로 무

대 위에 올랐다. 관객의 호응을 위해 당시 인기 있는 노래를 가져왔는데, 주석의 '힙합 뮤직'이라는 곡이었다. 평소 교실에서 노래하는 목소리가 좋다고 생각했던 우리 반 여학생에게 보컬 피처링을 부탁했다. 방구석에서 싸구려 마이크로 혼자 랩을 하는 것과 수백 명이 보는 앞에서 공연을 하는 건 완전히 다른 경험이었다. 처음엔 긴장이 됐지만 학생들의 호응 덕분에 나도 점차 흥이 오르기 시작했다. 객석에서 기대 이상의 큰 함성이 쏟아졌다. 난생처음 느껴 보는 전율과 황홀함이었다. 조명이 눈부셔서 객석의 사람들은 전혀 보이지 않았지만 그래서 더 꿈 같은 장면으로 가슴안에 남아 있다.

지금 생각해 보면 참 놀랍다. 누구보다도 친구 사귀는 데 오래 걸리고 남들 앞에 나서길 싫어하는 내가 어떻게 그런 용기를 낼 수 있었을까? 사람이 정말 좋아하는 일을 만나면 그렇게 앞뒤 가리지 않고 달려들게 되는 순간이 있는 것 같다. 인생에 그런 순간이 자주 오지는 않는데 그때가 그랬다. 나이가 들며 점차 사람들 앞에서 발표도 하게 되고 울렁증도 극복하게 되었는데 그 커다란 전환점이 바로 이 날의 공연이었다고 생각한다.

학교 공부에는 취미가 없었지만 재미로 시작했던 음악을 통해 '하면 되는구나!' 하는 감정을 작게나마 느꼈다. 그때 음악에 대해 좀 더 진지하게 고민해 보고 깊이 파 봤다면 내 인생은 또 어떻게 흘러갔을까?

그땐 음악을 만들고 랩을 하는 게 미래의 직업이 될 수 있다는 생각 자체를 하지 못했다. 얼마 전 EBS 진로 관련 프로그램에서 초등학생을 인터뷰하는 장면을 본 적이 있다. 미래에 하고 싶은 일을 물었을 땐 '메이저리그 선수', '우주 비행사', '로봇 발명가', '가수' 등 각자 다채로운 것들을 이야기하다가 미래에 어떤 직업을 갖고 있을 것 같냐는 질문엔 '회사원', '공무원'과 같은 매우 평범한 직업으로 답이 쏠리는 모습을 보고 놀란 적이 있는데, 이와 비슷한 맥락이라고 볼 수 있다. 애초에 내 생각을 창작으로 풀어내는, 내게는 재밌는 일들이 직업이 될 리가 없다는 이상한 확신이 있었다.

그러던 어느 날, 〈내 이름은 김삼순〉이라는 드라마를 보다가 제빵사라는 직업을 알게 되었다. 자세한 내용은 기억나지 않지만 주인공 김삼순이 파티시에라는 직업을 갖고 거친 세상을 향해 나아간다는 이야기였다. 진로에 대해 고민하던 시기에 마침 그런 드라마를 접하니 관심이 가기 시작했다. 하얀 조리복과 모자도 멋져 보였다. 가장 좋아하는 건 그림이나 음악 같은 창작 활동이었지만 내가 화가나 작곡가, 가수가 된다는 생각은 영 현실성이 없어 보였다.

우리 집은 경제적으로 그다지 넉넉하지 못한 상황이어서 예술 교육을 받는다는 걸 상상할 수 없었고, 졸업 후 예술로 밥벌이를 한다는 것도 머릿속에 그려지지 않았다. 그런 면에서 제빵사는 졸업 후에 바로 돈을 벌 수 있는 전문적인 직업처럼 여겨졌다. 평소 손재주가 있다는 말도 종종 들었기 때문에 충분히 적성을 고려한 선택이라고 그때는 생각했다. 그 얕은 고민의 결과는 여러모로 나를 힘들게 했다.

나는 누구? 여긴 어디?

스무 살이 되었다. 난 그토록 원하던 대학의 제과
제빵과에 입학했다.

'드디어 내가 원하는 공부를 시작하는구나!'

가슴이 벅찼다. 봄이 지나고 들뜬 마음이 천천히
가라앉을 때쯤, 내 선택이 어딘가 잘못되었음을 감
지하기 시작했다.

달콤한 스무 살에 대한 환상이 깨지는 데는 그리
긴 시간이 걸리지 않았다. 신입생 환영회 이후 수
업 대부분은 나에겐 충격과 공포에 가까웠다. 제과
제빵은 생각보다 과학적이고 또 영양학적인 일이었
다. 빵과 과자를 만들 때 규칙처럼 정해진 레시피를
따라야 했는데 거기에는 정밀하고 합리적인 이유가

있었다.

단순히 보기에 이쁘고 좋은 빵에 대해서만 생각했던 나는 수업이 진행될수록 빠르게 흥미를 잃었다. 식품학 시간엔 식품의 구성 성분과 구조, 화학 반응에 대해 배웠다. 수많은 원소 기호가 칠판 가득히 찰 때, 현기증을 느껴 강의실 밖으로 뛰쳐나온 적도 있다.

'나는 누구? 여긴 어디?'

머릿속엔 물음표가 둥둥 떠다녔다. 마지막 남은 희망은 '데커레이션 수업'이었다.

'그래, 이 분야에도 다양한 직업이 있으니 나는 데커레이션 쪽으로 승부를 보는 거다.'

케이크 데커레이션 수업을 하는 날이었다. 밤하늘 같은 초코케이크 위에 하얀 생크림으로 장식하는 실습을 했다. 먼저 학생들을 모이게 한 뒤 교수님이 시범을 보였다. 크림이 두둑하게 들어간 짤주

머니를 양손으로 들고 케이크 테두리에 장식을 그려 나갔다. 마치 리듬체조 선수가 리본을 돌리듯 우아한 리본 모양의 크림이 케이크 옆면을 수놓았다. 케이크 윗면에는 커다란 장미가 올라갔다. 정말 신기했다. 기계로 찍어낸 듯 정교한 장미 모양이 놀라워 모두가 감탄했다.

우린 각자 위치로 돌아와 연습을 시작했다. 이미 자격증을 보유하고 있는 친구들은 제법 교수님과 비슷한 모양으로 장식해 나갔고, 친구들 대부분은 느리긴 해도 어설프게나마 구색을 갖춘 듯했다. 나는 좀처럼 마음에 드는 모양이 나오지 않아 몇 번이고 지우고 다시 그렸다. 수업 시간 내내 반복했지만 영 마음에 들지 않았다. 물론 재미도 없었다. 이내 '왜 이런 똑같은 모양만 따라 그려야 하지?' 의문이 들었다. 수업 막바지가 되었고 나는 장식을 모두 지운 뒤, 정체불명의 괴물이 소리 지르는 표정을 멋대로 케이크에 그렸다. 우아한 장식과는 거리가 있었지만 내 눈에는 재밌어 보였다. 주변 친구들도 깔깔 웃어 댔다. 멀리 있던 교수님은 가까이 다가와 케이크를 한참 들여다보더니 내 한쪽 어깨에 팔을 올리고는 승모근을 꽉 쥐어짰다. 소리 지를 타이밍도 놓쳐 버린 나는 얼굴을 일그러뜨렸다. 교수님이 말했다.

"하기 싫으면 때려치워!"

나는 케이크를 핸드폰으로 찍어 당시 유행하던 미니홈피에 올렸다. "난 ○○학교 제과제빵과다!"라는 글과 함께. 그 아래엔 같은 반 친구의 댓글 하나가 달렸다.

"나홈아, 네가 참 부끄럽다."

교수님의 말도 친구의 댓글도 농담이 섞인 투였지만, 내겐 그 말들이 꽤 무겁게 여겨졌다. 그나마 재미를 붙여 볼 수 있는 수업이라고 생각했는데 그마저도 내 적성과는 맞지 않는 것 같았다. 학교에서 나는 늘 밝고 유쾌한 편이었지만 성적은 언제나

모자란 아이였다. 누구도 강요하지 않은, 오직 내가 결정한 일에서도 이런 식으로 상황이 흘러가니 착잡한 심정이었다. 그림도, 사진도, 힙합 음악도 좋아했지만, 학교 공부는 영 엉터리였던 나를 보며 친구들은 "나훔이는 참 두루두루 잘해."라고 말했다. 그 말은 내게 칭찬처럼 들리지 않았다. 그 안에 '쓸데없는 걸'이라는 말이 생략되었다는 생각이 들었다.

'내가 선택한 분야인데 이곳에서마저도 덜떨어진 인간으로 낙인찍히고 살아가는 건가?'

자괴감이 들었다. 학교에 점점 마음이 멀어지고 있었다. 하지만 이미 학자금 대출을 받았고 거기에 더불어 엄마에게 용돈까지 받아 쓰는 처지였던 나는 이러지도 저러지도 못한 채로 계속 학교를 다녔다.

대학 1학년이 끝날 무렵, 한 여학생을 좋아하게 됐다. 1년 내내 허물없이 편하게 지내던 친구였는데 우리 둘 다 먼 지방에서 상경해 공통점이 많았다. 어느 순간 소탈하고 당돌한 그 친구에게 끌렸다. 그렇지만 다음 해에 휴학하고 입대할 예정이라 마음을 적극적으로 표현하기는 어려웠다. 그렇게 이러지도 저러지도 못한 채 시간만 흘려보내다가 결국 속마음을 들켜 버렸다.

평소보다 문자를 더 자주 주고받던 날이었다. 이제 1학년 학교생활도 끝을 향해 가고 있는데 남은 기간 동안 어떻게 보낼 계획인지, 방학 때는 뭘 할 건지 나도 모르게 마음이 앞서 여러 질문을 계속해서 던졌다. 그러자 그 친구가 농담처럼 말했다.

"야 김나훔, 너 나 좋아하냐? 뭘 그렇게 꼬치꼬치 캐물어?"

"……그런가? 그런 거 같아."

"뭐?"

"모르겠어. 대책 없이 이러면 안 되는 거 아는데……."

"……."

당장의 뚜렷한 꿈도, 미래의 시간도 없는 나에게 사랑은 사치라는 생각이 들었기에 나와 사귀어 달라거나 하는 적극적인 구애는 하지 못했다. 미래가 두려웠고, 그 친구에게 부담을 주고 싶지 않았다. 그저 이번 겨울방학 때 같이 여행을 가지 않겠냐고 했다. 친구도 그렇게 하자고 했다. 우리는 같은 반 친구들이 눈치채지 못하게 조용히 연락을 주고받았다. 주말에 데이트도 했다. 너무 멀리, 그리고 깊이 생각해서 좋을 게 없었다. 이 만남이 어떻게 끝날지는 생각하지 않기로 했다. 행복한 시간이었다. 그리고 그 시간은 그리 길지 않았다. 얼마 후 그 친구는 나와 만나는 게 부담이 된다고 했다. 충분히 이해됐다. 그 친구를 향한 내 마음은 절대 작지 않았지만 당당하게 만나자고 말할 수 없었다.

그렇게 며칠 뒤, 친구는 여행 약속을 지키기 어려울 것 같다는 말로 관계를 끝냈다. 난 알았다는 말밖에 할 수 없었다. 많이 슬펐다. 인생 처음으로 이

성에게 차인 나는 휘청거렸다. 기말고사를 마치고, 아니 망치고, 언덕길에서 난 그만 엉엉 소리 내 울어 버렸다. 같이 걷던 친구들은 깜짝 놀라 내 어깨를 감싸며 위로했다. 그해 겨울은 너무 길고 추웠다. 모든 의지를 잃어버렸다.

하지만 왜였을까? 얼마 후 나는 실연의 아픔을 가사로 적고 힙합 노래를 만들었다. 지독한 창작욕이었다. 딱히 어떤 쓰임을 생각해서 한 일은 아니었다. 그저 내 감정을 어떤 식으로든 배출하고 해소하고 싶었다.

이 과정을 통해 알게 된 것이 있었다. 그건 바로 나 자신이 어떤 방식으로든 내 감정을 이야기하고 싶어 하고 그 과정을 통해 살아 있다고 느끼는 사람이라는 점이었다.

인생은 어떻게 될지
모르거든

군대를 다녀오고 나는 다시 복학했고 마침내 졸업했다. 20대 중반을 향해 가는 나이에 이제는 더이상 선택권이 없다고, 돈을 벌어야만 한다고 자신을 다그쳤다.

졸업 후 집 근처 한 레스토랑에 취업했다. 파스타와 스테이크 그리고 간단한 디저트를 판매하는 아담한 가게였다. 나는 메인 셰프 옆에서 보조 역할을 했다. 가게를 열기 전, 요리에 사용할 양파, 마늘 등을 미리 손질했고 자주 나가는 요리의 소스도 대량으로 미리 만들었다.(이때 익혔던 양파 썰기 기술은 여전히 요긴하게 사용하고 있다.) 손님이 오면 주어진 레시피에 맞게 요리했다. 더러 간이 짜거나 매운맛 조절에 실패한 적이 있긴 해도 시간이 갈수록 안정감을 찾아갔다. 손님이 없을 때 셰프 형과 메뉴 개발을 하기도 했다. 타고난 덤벙거림으로 인해 설거지 중에 그릇을 깨거나 칼에 손가락을 베이거나 하는 실수를 한 적도 있지만, 20인분의 빵 반죽을 쓰레기통에 버리거나 오븐에 다 태워 먹거나 하는 학창 시절 때와 같은 대형 사고를 치지는 않았다. 그땐 나름대로 진지하게 이것을 일로서 받아들이자고 마음을 먹었다. 하지만 아쉽게도 시간이 갈수록 요리는 내 적성이 아니라는 걸 깨닫게 되는 일들이 늘어 가기 시작했다.

언젠가 셰프 형에게 물어봤다.

"형, 요리하는 거 재밌어요?"

"재밌지. 손님이 맛있게 드시는 거 보면 뿌듯하기도 하고."

"그렇구나……."

신기했다. 그러고 보니 확실히 셰프 형은 자기 일

을 즐기고 있었다. 불 앞에서 프라이팬을 돌릴 땐 구슬땀을 흘리며 요리에 몰입해 있었고, 접시 위에 음식을 담을 땐 매우 소중한 것을 다루듯 집중한 모습이었다. 음식이 손님에게 나갈 때 그리고 그 음식을 먹은 손님이 맛있다며 엄지를 치켜세울 때 그는 몹시 기뻐 보였다. 난 이런 사람이 요리를 해야 한다고 생각했다.

반면 나는 그런 일들에 재미를 붙이지 못했다. 주문 들어온 요리를 만들어 손님에게 보내는 일이 빠르게 해치워야 하는 과업으로 여겨졌다. 맛있게 먹었다는 손님의 인사에도 기쁜 마음은 있었지만 보람이나 가치를 느낄 수는 없었다. 정해진 레시피대로 만들었을 뿐이고 그건 당연한 결과가 아닌가? 하는 불량한 생각이 고개를 들었다. 그런 생각이 들기 시작하니 자연스럽게 내가 하루 종일 머무는 주방도 답답하게만 느껴졌다. 그렇게 하루하루가 지나고 있었다.

그러던 어느 날, 퇴근 후 컴퓨터 앞에 앉아 포토샵을 열어 마우스로 그림을 끄적였다. 처음엔 중절모를 쓴 중년 남성을 그렸고, 그다음엔 음악 CD를 갉아 먹는 애벌레를 상상하며 그렸다. 머리에 뭉게뭉게 떠다니는 잡생각을 예전 컴퓨터 자격증 수업 때 배웠던 방식을 활용해 멋대로 그린 것이다.

색연필이나 물감, 크레파스와 같은 그림 도구가 필요했다면 그럴 수 없었겠지만, 집으로 돌아와 한다는 일이 고작 마우스를 클릭하며 인터넷 기사나 들락거리는 게 전부였기에 포토샵을 열어 그림을 가볍게 그리는 건 어렵지 않았다. 그림을 다 그리고 보니 제법 마음에 들었다.

문득 내가 포토샵을 다룰 수 있다는 사실이 놀랍게 느껴졌다. 내가 다녔던 특성화고등학교는 컴퓨터 관련 자격증의 필기시험을 면제해 주면서 실기시험만 합격하면 자격증 하나를 받을 수 있는 특별한 혜택을 학생들에게 주었다. 컴퓨터 활용 능력이

나 컴퓨터 그래픽 자격증반이 있었고 당시 제빵왕이 꿈이었던 내게는 모두 아무 쓸데없는 것들로만 보였다. 하지만 모든 학생이 듣고 응시해야 하는 수업이었기에 이왕이면 조금이라도 흥미가 가는 쪽으로 정하자 싶어 컴퓨터 그래픽 기능사반으로 결정했다. 컴퓨터 그래픽 기능사는 포토샵, 인디자인 같은 시각 관련 그래픽 프로그램을 배우는 것이었다.

자격증 수업은 야간까지 이어졌다. 듣던 대로 역시 쉬운 내용은 아니었다. 때때로 '내 진로와도 상관없는 걸 도대체 왜 해야 하지?' 하는 생각이 들어 입 밖으로 한숨을 푹 내쉬기도 했다. 그즈음 자격증반 선생님은 내게 이런 말을 건넸다.

"나훔아, 그래도 흥미가 있어 보이는데 열심히 해봐. 인생은 어떻게 될지 모르거든."

어떤 맥락에서 이 이야기가 나왔는지 모르겠지만 이 짧은 문장이 내 머릿속엔 영화의 한 장면처럼 오래도록 가슴에 남았다. 왜냐하면 우연히 딴 이 자격증이 내 인생을 크게 뒤바꿨기 때문이다.

    퇴근 후 그린 그림을 혼자 보기엔 아쉬워서 취미 그림 인터넷 카페를 찾아 가입했다. 그곳에서 처음으로 '일러스트'라는 단어를 보게 되었다. 천천히 살펴보니 만화도 아니면서 순수 회화도 아닌 상업적인 경계에 있는 다양한 그림을 그렇게 포괄적으로 부르는 듯했다.

    용기를 내 취미 게시판에 내가 그린 그림을 올렸다. 밤사이 게시글에 '재밌네요.', '오묘하네요.'와 같은 짧은 댓글 한두 개가 달렸다. 그다지 대단한 칭찬도 아니었는데 그 댓글 한두 개에 희열을 느꼈다. 이 감정은 예전에 학교에서 만화를 그려 친구들에게 보여 주며 뿌듯해하던 때와 비슷했다.

    그렇게 저녁에 컴퓨터로 그림을 그려 게시판에 올리고 댓글을 구경하는 게 하루의 재밋거리가 되었다. 그림 주제는 일상 그리고 머릿속 망상이 대부분이었다. 미래, 진로 때문에 머리가 터질 것 같은 기분을 머리로부터 이어져 잔뜩 엉켜 뻗어 나가는 나뭇가지로 표현해 그렸고, 때때로 외로움이나 두려움이 엄습할 때 어두운 밤하늘의 달을 그리기도 했다.

주방에서 일을 하다가 보게 되는 풍경도 그림의 소재가 되었다. 도마 위에 널브러져 있는 당근을 사진으로 찍어 그 위에 눈, 코, 입을 그려 넣기도 했고, 소스를 만들기 위해 프라이팬에 잔뜩 담아 놓은 다진 양파와 셀러리의 색깔이 아름다워 사진을 찍어 뒀다가 그림으로 옮긴 적도 있다. 이렇듯 일상 속 울고 웃는 나의 모든 감정이 그림이 되었다.

취미로 그리는 그림이 조금씩 일상에 활력이 되기 시작했다. 퇴근 후 다가올 저녁이 기다려졌다. 차츰 '지금 하고 있는 일보다 그림을 그리는 일이 하루에 더 많은 부분을 차지하면 얼마나 좋을까?' 하는 생각이 들기 시작했다. 그리고 얼마 안 돼 그

건 새로운 꿈이 되었다. 당시 나는 스물네 살이었다. 지금 돌이켜 보면 우습게 여겨지지만, 그땐 '너무 늦은 게 아닐까?' 하는 두려움이 정말 컸다.

고민이 조금씩 고개를 들던 시절 나에게 큰 영향을 준 일이 있었다. 그해, 애플의 창업자 스티브 잡스가 세상을 떠났다. 우연히 스티브 잡스가 한 대학 졸업식에서 연설하는 영상을 보았다. 그 영상은 많은 부분에서 내 마음을 뒤흔들었다. 모든 내용이 좋았지만 머릿속 깊이 박힌 말은 바로 이 대목이었다.

나는 지난 33년간 매일 아침 거울을 보면서 자신에게 묻곤 했습니다.

"오늘이 내 인생의 마지막 날이라면 오늘 하려고 하는 일이 정말 하고 싶을까?"

며칠 연속으로 '아니다'라는 답을 얻을 때마다 나에게 변화가 필요하다는 걸 알게 되었습니다. '곧 죽는다'라는 생각은, 인생의 결단을 내릴 때마다 가장 중요한 도구였습니다. 여러분은 죽을 몸입니다. 그러므로 가장 중요한 것은 마음과 영감을 따르는 용기를 내는 것입니다.

어쩌면 흔한 조언일 수도 있지만 이 말은 내 삶을 송두리째 바꿔 놓았다. 당장 내일의 삶도 알 수 없는데, 난 도대체 뭐가 그렇게 두려워 오늘 하루를 저당 잡힌 기분으로 살아가고 있는가? 의문이 들기 시작했다. 그날로 나는 인생의 방향을 바꾸기로 했다. 내 마음이 시키는 대로, 하고 싶은 일로 하루하루를 채워 가 보자고 마음먹었다.

얼마 후 다니던 레스토랑을 그만두었다. 뾰족한 대책이 있었던 것은 아니었다. 다시 처음부터 시작하자는 생각이었다. 누나 집에 얹혀사는 주제에 다시 백수라니. 심지어 생뚱맞게 전공을 내팽개치고 그림을 그리겠다니. 가족들은 내 결정에 혀를 찼다.

충무로 인쇄소 골목

졸업 후 취업했던 레스토랑을 제외하고 사회생활이 거의 없다시피 한 나는 그저 하고 싶은 일만을 하겠다는 욕망 하나로 살아갔다. 내가 좋아서 하루 종일 그림을 그리고 있기는 했지만, 학력도 경력도 없는 나에게 그 누구도 작업 의뢰나 어떤 제안을 해 줄 리가 없었다. 내 능력과 재능을 확인해 보기 위해 자신감 넘치는 태도로 크고 작은 공모전에 출품했으나 전부 낙방했다. 더 이상 누나 집에서 밥만 축내는 백수로 살 수는 없었다. 군대에서 입던 깔깔이를 걸치고 하루 종일 하릴없이 방 안을 어슬렁거리는 내 모습이 너무 한심했다. 끼니때는 또 얼마나 빨리 돌아오던지……. 어쩔 수 없이 그림을 그리면서 할 수 있는 아르바이트를 찾아봐야 했다.

집에서 그림 작업을 해야 하므로 근처에서 출퇴근할 수 있는 곳들을 먼저 알아봤다. 이렇다 할 상권이 없었던 우리 동네에서 내가 쉽게 구할 수 있는 일은 피시방이었다. 당시 피시방은 지금과 달리 실내에서 흡연이 가능해서 담배 냄새가 심했지만, 형편을 가릴 상황이 아니었다. 그렇게 여러 군데에 이력서를 넣고 면접을 봤다. 그런데 결과는 전부 낙방이었다. 너덧 군데의 피시방에서 전부 떨어졌는데, 이쯤 되면 아무리 낙천적인 사람이라도 '난 재활용도 안 되는 인간쓰레기로 보이는 건가.'라는 생각에 이른다.

정말 모든 피시방 사장에게 비친 내 인상이 안 좋아서 그랬을 수도 있겠지만(그렇다면 그건 너무 슬프다.) 아마 그림에 대한 과한 열정이 탐탁지 않게 보였을 것 같다. 그림을 독학 중인 사람이라든지, 퇴근 시간을 반드시 지켜 주셔야 한다든지…… 그런 말들. 그렇게 불안에 떨던 방구석 백수는 자괴감에 빠져 버렸다. 망연자실한 상태로 지하철을 타고 가는 중에 전화가 한 통 걸려 왔다. 말투로 미루어 보아 노년에 가까운 남자였다.

"여기 충무로 인쇄 골목인데 인쇄 관련 일 좀 해 볼텨?"

"어디서 보시고 연락 주신 건데요?"

"음, 알바몬에서. 등록된 이력서를 보니까 컴퓨터 그래픽 자격증이 있던데, 면접 한번 보러 올텨?"

어디 일손 부족한 중노동의 현장인 인쇄 공장에서 연락이 왔나 싶었다. 하지만 찬물 더운물 가릴 처지가 아닌 나는 일단 면접이나 보고 생각해 보자고 마음먹었다.

충무로역은 어딘지 모르게 시끄럽고 부산스러운 분위기였다. 사장님이 알려 준 사무실 주소로 찾아 갔더니 내 예상대로 중년과 노년 사이로 보이는 사장님이 혼자 앉아 있었다. 나는 사장님이 듣기 싫어

할 말들을 다시 시작했다.

"사장님, 저는 정식 취업을 하러 온 게 아니고요. 아르바이트를 구하러 온 겁니다."

"그래 알았어, 못하면 알바고 잘하면 직원이고 그런 거지."

"아뇨, 알바예요. 그리고 퇴근 시간을 지켜 주셔야 해요. 그림을 독학 중이거든요. 꼭 지켜 주셔야 해요."

"알았어. 젊을 땐 열심히 시간 쪼개서 공부도 해야지."

어딘가 무심한 듯한 태도였지만 기분이 나쁘지 않았다. 어쨌거나 이분은 내 이야기를 경청하고 있다는 느낌이 들었다. 그리고 당일 바로 채용이 결정됐다.

면접 보던 날 처음 와 본 충무로 인쇄 골목의 풍경이 떠오른다. 종이를 나르기 위해 불법으로 개조한 세 발 오토바이들, 요란한 인쇄 기계 소리, 잉크

냄새, 화난 듯 소리를 지르지만 사실 활짝 웃고 있는 아저씨들……. 처음 날 움츠러들게 했던 낯선 풍경이 지금은 그 어느 곳보다도 고향 같은 장소로 마음에 남았다.

일은 사장님과 나 단둘이서 했다. 중요 업무는 사장님이, 몸 쓰는 일은 나의 몫이다. 나에게 인수인계해 줄 나보다 두 살 많은 남자가 있었는데, 우리에게 주어진 시간은 단 하루였다. 그날은 12월 30일. 다음 해인 1월 2일부터는 전부 나 혼자서 해야 한다. 명함이나 엽서 같은 인쇄물을 주문하고, 검수하고, 포장하여 일본으로 수출하는 업무였다. 복잡한 충무로 인쇄 골목에 있는 여러 거래처에 가서 주문한 인쇄물을 찾아와 포장해서 일본으로 보내는 일이었는데, 업무 자체는 간단했다. 내게 인수인계하던 남자는 담배를 한 대 피우자면서 밖으로 나와 말을 건넸다.

"회사 일은 그렇게 힘들지 않아요. 사장님이 좀

성가셔서 그렇지……."

"그래요?"

"네, 사무실에 있으면 제가 가만히 있는 걸 못 참고 이것저것 시키려고 하거든요. 외근 중일 땐, 이것 참견 저것 참견……. 전화 통화할 땐 일본어로 쌀라쌀라 말하는데 하나도 못 알아듣겠고. 아! 제가 이런 말 했다고 당장 내일부터 출근 안 하시거나 그러면 안 돼요! 아셨죠?"

"네."

아, 피시방 너덧 군데에서 떨어진 사람에게 먼저 손을 건넨 곳이 좋은 회사일 거라는 기대는 정말 큰 욕심인 것인가. 생각이 많아졌다. 그렇지만 당장 뭘 가릴 형편은 아니었다. 그 남자는 사무 업무와 총무로 구석구석에 있는 거래처들과 거기서 내가 해야 할 일들을 알려 줬다. 사업 초기라 그런지 업무량은 정말 많지 않았다.

그렇게 여기저기 돌아다니고 난 뒤에 또 잠시 쉴

수 있는 시간이 생겼다.

"이제 딱히 할 건 없어요. 이따 오후에 물건들 포장해서 보내기만 하면 돼요. 저는 이 시간에 피시방에 가기도 해요. 사장님께 연락이 오면 그냥 외근 중이라고 하면 되죠. 아직 영화는 본 적이 없는데 정말 일을 빨리 마치면 그것도 도전해 볼까 생각한 적이 있어요."

"……?"

도대체 뭘까 이 회사는. 눈앞이 캄캄해지는 기분을 느꼈다. 편하다면 편한 회사라고 생각할 수도 있지만 어딘가 비상식적으로 흘러가는 이 회사의 분위기에서 불안감을 느꼈다.

그렇게 새해에 나는 의구심을 가진 채 충무로 인쇄 골목에서 일을 시작했다. 하지만 하루하루 흘러갈수록 불안한 마음은 긍정적인 마음으로 바뀌어 갔다. 함께 지내면 지낼수록 김 사장님은 그 누구보다도 수평적인 마인드를 가진 분이라는 것을 알게 됐다. 조금 투박하긴 해도 거기에는 지성과 유쾌함이 있었다. 청년들이 갖고 있는 진로의 불안함을 누구보다 이해하고 있었다. 사장님은 일을 빨리 마치면 집에 어서 돌아가서 그림을 그리라고 했다.(처음엔 그런 분위기가 적응 안 됐다.) 내가 진짜 집에 가도 되나? 어정쩡한 자세를 취하고 있을 때면 "할 일을 다 했으면 집에 가는 거지. 무슨 문제 있어? 빨리 가."라고 했다.

또 컴퓨터로 그림 그리는 일을 하고 있는 내게 인쇄 회사는 내 그림을 인쇄해서 실물로 만날 수 있게 해 주는 기회의 장이었다. 실제로 그다음 해에 한 갤러리에서 개인전 제안이 왔는데, 모든 인쇄 비용을 회삿돈으로 지원해 주셨다. 문제는 사장님이 아니라 그 이전 직원에게 있었다.

밤늦은 시간, 막차가 끊기기 전까지 전시할 작품을 준비하느라 회사에 남아 있던 날들이 떠오른다.

전날 그린 그림을 거래처 인쇄소에 주문해 놓고 다음 날 아침 실물을 찾으러 가는 출근길 아침은 늘 두근거렸다. 급여는 많지 않았지만 피시방보다는 괜찮았다. 사무실은 엘리베이터가 없는 5층에 있어서 인쇄물을 들고 오르락내리락하느라 몸은 힘들었지만 혼자 하는 일이라 정신만은 자유로웠다. 재밌는 생각이 많이 떠올라 일과 중에 떠오르는 것들은 메모해 두었다가 퇴근 후 집에 돌아가 그림으로 옮겼다. 특별한 약속이 있는 날을 제외하고는 매일 같은 패턴으로 하루를 보냈다.

그때 나는 뒤늦게 찾은 적성으로 반드시 성공하겠다는 독기가 꽉 차 있었던 것 같다. 누구도 시키지 않은, 목적 없는 그림을 계속해 그렸고 완성되면 내 블로그나 SNS, 인터넷 카페 같은 온라인 공간에 공유했다. 살면서 그렇게 어떤 일을 미친 듯 꾸준히 해 본 적은 없었다. 과정이 즐겁지 않았다면 할 수 없었을 일이다. 작업에 몰입해 있다 보면 어느새 시간은 자정을 넘겼다. 종종 나를 보며 "그렇게 다른 일을 하면서 그림을 그리면 아무래도 작업량이나 수준이 떨어지지 않겠어?"라고 말하는 사람들도 있었다. 그럴 땐 그들의 말을 자극제 삼아 잠자는 시간을 줄여 가며 더 열정적으로 그림을 그렸다. 당장 아무도 몰라줘도 이렇게 하루하루 내 작업들을 쌓아 가다 보면 언젠가 밖으로 넘쳐흘러 누군가에게 가닿을 것이라는 막연한 희망만 품고 있었다.

성공의 냄새

누나 집에서 백수로 지내며 이것저것 그림 작업을 했던 시기, 한 중소기업의 티셔츠 공모전에 그림을 출품한 적이 있다. 열정으로 꽉 차 있던 나는 재능을 증명할 기회이며 동시에 이력을 쌓을 수 있는 절호의 기회라고 여겼다. 그 공모전은 중복 출품이 가능했기 때문에 가능한 많은 티셔츠 디자인을 응모했다. 그리고 얼마 후 공모전은 마감이 됐다. 1등 상금은 30만 원이었다. 그다지 유명한 브랜드가 아니었기 때문에 제법 긴 공모 기간에도 불구하고 응모된 전체 작품 수는 100개 안팎이었다.(공개 공모전이었기 때문에 사람들은 서로의 게시물을 확인할 수 있었다.) 그중 내가 응모한 그림은 무려 40개. 지금 생각해 보면 정말 가관이었다. 공모전 게시물 작성자의 40퍼센트가 '김나훔'인 것이다. 하지만 그보다 더 경악할 일은 결과 발표날 수상작 3위 안에 내 디자인이 하나도 뽑히지 않았다는 점이다. 한 달 내내 거기에만 달라붙어 가족들에게도 '세상이 내 재능을 알아줄 거야!'라고 큰소리를 쳐 놨는데…… 부끄러움에 얼굴이 화끈거렸다. 양손으로 머리를 감싸안고 모니터 앞에서 고개를 푹 숙였다. 눈물이 핑 돌았다.

'저딴 디자인이 뽑히다니! 감각 없는 놈들……. 망해라!'

철없던 나는 분한 마음에 그렇게 속으로 저주를 퍼부었다. 공모전 결과에 대한 원망과 자괴감이 차츰 사그라질 때쯤 한 통의 전화가 걸려 왔다. 저주를 퍼부었던 그 회사였다. 용건은 이랬다.

"나훔 님! 아쉽게도 당선되지는 않으셨지만, 월등히 많은 작업을 응모해 주셔서 감사의 뜻으로 저희

가 포트폴리오 책을 만들어 드리려고 하는데요! 혹시 직접 뵙고 전달해 드릴 수 있을까요?"

언짢은 기분과 창피함에 거절하려고 했지만, 잠시 생각해 보니 내 노력에 대한 작은 위로의 보상이라도 받는 편이 낫겠다는 마음이 들었다.

다음 날 신사역의 한 카페에서 회사 관계자를 만났다. 그분은 내 작업물이 잘 정리된 포트폴리오 책과 회사에서 제작한 후드티 하나를 내게 주었다. 그리고 짧게 인터뷰를 할 수 있냐 물었다. 부끄러움에 빨리 집에 가고 싶었지만 이렇게 선물을 받은 이상 내뺄 수는 없는 노릇이었다. 좀 더 이야기를 나누기로 했다. 그분은 몇 가지 질문을 하였고 우린 여러 이야기를 나누었다. 그중에서도 마지막 질문이 인상적이었다.

"영감을 어디서 받으시나요?"

순간 '놀리는 건가……?' 생각했다.

"제 영감을 왜? 어떻게 하면 공모전에서 100퍼센

트 떨어지는지 알고 싶으신가요? 하하하."

"하하하……."

"하하하……."

우린 둘 다 크게 웃었다. 이 웃픈 상황의 주인공이 나라니. 코미디처럼 느껴졌다. 난 그렇게 내 위대한 영감의 출처를 알려 주고 서둘러 집에 왔다. 착잡했다. 이 공모전에서 떨어지고 나서 서둘러 충무로 인쇄 골목의 알바 자리를 구했다.

그로부터 2년 뒤 상금이 다섯 배나 높은 대기업 공모전에서 대상을 받았다. 그 그림은 40개의 티셔츠 디자인 낙선 작품 중 하나를 다시 그린 것이었다. 그 그림이 2년 전 티셔츠 공모전에 당선되었더라면 대상을 받지 못했을 것이라는 생각을 하면……. 아, 인생은 정말이지 알 수가 없구나 싶어진다.

수상자 발표날이 생각난다. 퇴근하고 집으로 가는 전철 안에서 전화로 당선 소식을 들었다. 오줌

마려운 강아지처럼 흥분을 감추지 못해 이리 갔다 저리 갔다 하며 전철 안을 서성거리다가 역 밖으로 나와 소리치며 집으로 달려왔다. 그날 저녁에 마침 엄마가 반찬거리를 챙겨 서울로 올라와 있었다. 집으로 뛰어 들어가며 소리쳤다.

"나 대상 뽑혔어요!"

엄마는 눈을 동그랗게 뜨며 뛰어와 나를 안아 주었다. 고등학교를 졸업한 이후로는 엄마가 날 안아 준 적이 없었는데 오랜만에 느껴 보는 엄마 품이었다.(그 이후로는 이 정도로 강렬한 인상을 남긴 일은 없었다. '엄마의 포옹' 안녕…….) 그런 뒤에 엄마는 조심스럽게 말했다.

"너 예전에 사진 하겠다고 했다가 또 음악 한다고 말했을 때처럼, 그림 그리겠다고 할 때도 그러다가 말 줄 알았는데. 정말 네가 해냈구나. 재능이 있나 보다 아들. 장하다."

코끝이 찡해졌다.

첫 작업 의뢰가 들어온 날이 바로 어제처럼 또렷하게 기억난다. 영화 포스터 그림이었는데, 벅찬 마음에 미팅 때 건네받은 영화 CD와 계약서를 가슴에 끌어안고 충무로부터 종로5가까지 가슴이 터지도록 달리고 또 달렸다. 목적 없이 그림을 그리던 시간을 인정받는 기분이었다.

그렇게 3년 차가 되자 나의 개인 작업 수익이 회사 급여 수익을 넘기 시작했다. 꽤 많은 기업이 내게 협업 제안 메일을 보내왔다. 난 내 일을 즐기고 있었고 다양한 분야의 사람들도 만날 수 있었다. 실로 살아 있음을 느꼈다. 그 과정에서 나의 치부처럼 여겨지던 학자금 대출금도 전부 상환했다. 삼 남매를 키우느라 고생한 엄마의 빚도 조금씩 갚아 드릴 수 있었다. 강남대로 한복판 커다란 건물에는 작업 의뢰로 그린 내 그림이 커다랗게 걸려 있었다. 사진을 찍어 가족 단톡방에 공유했다. 모두가 나를 자랑스러워했다.

성공의 냄새란 이런 것인가? 다들 이렇게 자신의 재능을 살려서 성공 궤도로 날아오르는 것인가? 입 밖으로 꺼낸 적은 없지만 내 안에서는 이런 자신감이 점점 확신으로 변하고 있었다. 급기야 그림과 상관없는 티브이 프로그램 출연, 광고 제안까지 들어왔으니 자의식 과잉이 생기는 것도 무리는 아니었다.

무의미한 회사 생활에 지쳐 있는 친구들을 보며 자신만의 꿈을 꾸고 높은 이상을 갖고 살아 보자고 주제넘은 조언을 했고, 조금 극단적인 방법으로 큰돈을 벌려고 하는 친구에게는 정신 차리라고 날카로운 말을 쏘아 댔다. 그때의 나는 요샛말로 하면 젊은 꼰대가 아니었을까 싶다. 지금 생각해도 부끄러워 뒤통수를 긁적이게 된다. 그땐 멀게만 느껴졌던 꿈의 결실이 이제 코앞으로 다가왔다고 생각했다.

어떤 목표로
살아야 하지?

개인 작업이 어느 정도 안전 궤도에 오르고 있다고 생각은 했지만, 아직 회사를 그만둘 생각은 하지 않았다. 사장님도 나의 개인 작업을 존중해 주었고 회사 일도 충분히 처리해 나갈 수 있는 정도였다. 물론 언젠가는 퇴사하고 독립을 해야 했다. 하지만 아직은 아니라고 생각했다. 그때 나는 그 안락함에 안주해 있었다.

내 인생의 커다란 산처럼 여겼던 학자금 대출을 다 갚았던 날을 기억한다. 난 카톡 프로필 상태 메시지에 남은 대출금 액수를 적어 놓고 조금씩 갚아 나가면서 숫자를 바꾸는 것에 큰 재미를 느꼈다. 숫자는 나만 알아볼 수 있도록 뒤죽박죽 암호처럼 적어 놓았다. 친구들은 종종 바뀐 상태 메시지가 대체 무슨 의미냐고 물어봤고 난 비밀이라고 했다. 마치 테트리스 게임을 하듯 대출금을 착착 없애 나갔다. 거기엔 재미와 통쾌함이 있었다. 상환 마지막 날, 은행 앱을 열었을 때 더 이상 상환할 금액이 없다는 문구를 확인한 뒤 회사 앞 은행 건물을 올려다보며 감격의 순간을 맛보았다. 그리고 머릿속엔 한 가지 질문이 떠올랐다.

'이제는 어떤 목표로 살아야 하지?'

대출금을 갚고 나서 나는 혼란을 겪었다. 이제 다음 목표는 무엇인가 하는 점이 내 삶의 큰 화두로 떠올랐다. 마이너스였던 돈을 제로로 만들었으니 이제 남은 건 모아 가는 일이었을 텐데도, 그 모으는 일에 의구심이 들었다. 머릿속에서는 이런 순서로 질문과 답이 이어졌다.

돈은 왜 모으는 걸까? 집을 사기 위해서인가? 지금 서울 아파트는 얼마인가? 그런 큰돈을 버는 건 또 얼마나 걸릴 것인가? 열심히 돈을 모아 집을 샀다고 치면? 그 집 방 안에 들어가 있는 내 모습이 최종 행복의 한 장면인가? 정녕 그게 장기적으로 꿈꿔야 할 내 인생의 방향일까?

이런저런 사춘기 소년 같은 질문이 머리에 떠올랐다. 그때 인생에서 돈의 의미나 삶의 목적에 대해 처음으로 진지한 질문을 던지기 시작한 것 같다. 물론 명확한 답을 내리진 못했다. 철없는 생각일지 몰라도 당장 내 집을 마련하기 위해 저축만 해 나가는 건 뭔가 아닌 것 같다고 생각했다.

우선 시간이 나는 대로 여행을 갔다. 작은 회사에서 사장님과 둘이 일하다 보니 일주일 이상 휴가를 쓰는 것은 거의 불가능했다. 그래서 주말을 이용해 가까운 일본이나 대만으로 몇 차례 여행을 갔다. 딱히 어떤 장소에 가고 싶은 것은 아니었고 그저 이방인이 되어 지금의 환경에서 벗어나 다양한 관점을 경험해 보고 싶었다. 당시 회사에 묶여 지낸 지가 꽤 된 나는 권태감에 빠져 있었고 꾸준히 자유를 환기하고 싶었던 것 같다.

어릴 적 어려운 가정 형편으로 살 엄두를 내지 못했던 물건을 과감히 사 보기도 했다. 어린 시절의 나에게 주는 선물이랄까, 그런 이상한 명분의 지출도 있었다. 그렇다고 해서 비싼 차나 명품을 살 정도로 큰돈을 번 것은 아니었다. 나라는 인간이 부릴 수 있는 사치라는 것도 사실 하찮은 수준이어서, 그저 체감상 '이 정도면 풍족하다.'라는 느낌으로 충분했다.

그렇게 회사 일과 개인 작업을 이어 온 지 6년째 되던 해, 내 인생에 먹구름이 서서히 몰려오기 시작했다. 우선 다양한 작업 의뢰로 정점을 찍었던 4년 차를 기점으로 천천히 개인 작업이 줄어들고 있었다. 그 정도가 급격하진 않았기에 그 사실을 대수롭지 않게 여겼다. 그런데 비슷한 시기 회사 사정도 그다지 좋지 않게 흘러가고 있다는 말을 사장님께 들게 되었다. 불현듯 위기감이 들어 나는 통장 내역을 살펴보았다. 반년간 회사 급여를 제외하고는 아무 수익이 발생하지 않았다. 갑자기 뒤통수를 얻어맞은 듯 머리가 띵해지는 것을 느꼈다. 불안감에 오싹한 기분이 들었다.

개인 작업이 완벽하게 궤도에 오르면 그때 회사를 그만두고 전업 작가로 살겠다고 생각했는데, 내 경제 상황은 다시 원점으로 돌아가려 하고 있었다. 사람들이 말하는 공황이라는 게 이런 느낌일까? 갑자기 땀이 나고 속이 메슥거렸다. 바깥바람을 쐬러 청계천으로 향했다. 계단에 걸터앉아 냉정하게 현재 내 상황을 파악해 보려고 했다. 뭔가가 잘못되어 가고 있었다.

그동안 나에게 쏟아지던 관심은 다 어디로 갔을까, 이 정도로 일이 사라질 때까지 난 왜 심각성을 모르고 있었나, 다시 사람들에게 관심받기 위해 어떤 노력을 해야 할까. 생각보다 빠르게 일이 잘 풀린다 싶었는데, 이제껏 소모품처럼 살아왔다는 생각이 들었다. 무언가 단단히 착각하고 있었다는 생각, 알 수 없는 누군가에게 속았다는 기분마저 들었다. 이제 거의 꿈의 목적지에 다 왔다고 믿었는데, 눈앞엔 부루마블처럼 '다시 출발 지점으로 돌아가라.'라는 표지판이 있었다. 허무와 불안이 엄습하면서 다시 어지럼증이 도졌다.

나는 그렇게 청계천 계단에 앉아 한참을 멍하니 일렁이는 하천을 바라보았다. 위로는 분주하게 움직이는 사람들이 보였다. 빛나는 태양 아래, 나무와 풀은 유감없이 반짝이고 있었다. 그때 처음 알았다. 날 제외한 모든 것이 멀쩡히 돌아가고 심지어 눈부시게 아름다울 때, 나의 어두운 마음속 우울은 한층 더 짙어진다는 것을.

결국 태어난 게
잘못이네?

정점을 찍고 다시 천천히 줄어드는 개인 작업, 좋지 않은 회사 사정. 불안과 스트레스로 점점 비정상적인 생각에 빠져들었다. 급기야 외모, 학력, 출신, 가정환경까지 나의 모든 것이 콤플렉스로 느껴지기 시작했다. 비뚤어진 시야로 나름의 근원을 찾아 질문해 나가다 보니 마지막에는 '결국 세상에 태어난 게 잘못이네?' 하는 지점까지 다다랐다. 한때 입에 달고 살았던 꿈이나 희망과 같은 낭만적인 단어도 내 안에서 천천히 지워졌다. 꿈이 사라져 버린 나는 더 이상 아무것도 내세울 게 없는 사람처럼 여겨졌다.

전부터 내 감정과 생각을 표현하는 일이 천직이

라 믿고 살아왔는데, 나는 거의 반년간 아무것도 하지 못했다. 개인 작업을 멈추니 내 경력도 전부 멈추었다. 악순환이 계속됐다. 차라리 누군가 원하는 그림을 똑같이 모사하는 일을 했거나 레시피나 설계도에 맞춰 진행하는 직업을 갖고 있었더라면 적어도 이런 이유로 곤란을 겪지는 않을 텐데. 자부심과 애정을 가졌던 이 일의 특성이 반대로 원망스럽게 여겨졌다. 과거 여러 감정이 뛰놀던 머릿속엔 이제 아무것도 떠오르지 않았다. 이건 정상적인 직업이 아닌 것 같다는 생각을 처음 했다. 모든 것을 내려놓고 싶었다.

우선 사장님께 회사를 그만두겠다고 말씀드렸다. 항상 나를 응원해 주던 사장님은 평소에도 좋은 기회가 있으면 언제든 회사를 그만두고 꿈을 찾아가라고 했는데, 이렇게 절망한 얼굴로 퇴사를 말하게 될 줄은 정말 몰랐다. 가슴이 아팠다. 사장님은 다음 계획을 물었고, 나는 우선 쉬고 싶다고, 또 그림 그리는 일도 그만둘 생각을 하고 있다는 이야기도 했다. 수년간 이 꿈만 좇으며 달려온 나를 가장 잘 아는 분이었기에 사장님은 어두운 표정으로 그 이상 무엇도 묻지 않았다.

회사와 그림 그리는 일을 모두 그만두면 난 무엇을 할 수 있을까? 이제 높이 올라가고 싶다는 야망은 사라졌다. 그저 불안하지 않은 삶 속에서 적당히 굶어 죽지 않고만 살 수 있으면 좋겠다고 생각했다. 문득 몇몇 친구의 얼굴과 그들을 대하던 과거의 내 모습이 떠올랐다. 반복되는 일상에서 불평만 하고 꿈꾸지 않는다며 주제넘게 떠들지 않았던가. 그들에게 야망과 모험심을 가지라며 충고나 조언을 해대지 않았던가. 내 코가 석 자인 줄도 모르고…… 창피함에 자조 섞인 헛웃음이 나왔다. 고단한 일상 속 스트레스를 견디며 현실적인 삶을 사는 다수의 사람들. 그들이 결국 승자였고 나는 철없이 살아왔다고 속으로 인정했다.

회사 다닐 때 대부분 나 혼자 일을 처리했기 때문에 3일 이상 쉬는 건 어려웠고, 유럽과 같은 지구 반대편으로 여행을 떠나는 것도 불가능했다. 그래서 우선 이 나라를 떠나 지구 반대편으로 달아나자고 마음먹었다. 그러면서 먹고살기 위해 새로운 기술을 배워야겠다고 생각했다. 그림을 그리는 것처럼 창작하는 일이 아닌 손이 기억하고 꾸준히 해 나갈 수 있는 기술을 배우고 싶었다.

그때 눈에 들어온 것이 독일의 직업교육 제도였다. 고용이 안정되고 숙련직이 존중받는 나라로 독일이 손꼽힌다는 기사를 본 적이 있다. 독일에 아우스빌둥(Ausbildung)이라는 직업교육 제도가 있었는데, 2, 3년간 회사에서 기술을 배우며 최소 생활비 수준의 급여를 받을 수 있었다. 그 기회는 외국인들에게도 열려 있었다. '어떤 기술이든 다시 처음부터 배워 보는 거다. 뭐든 괜찮다. 그림만 아니면……' 하고 생각했다.

얼핏 봐선 나름 새로운 인생을 위해 야심 찬 계획을 짠 것 같지만, 실상은 전혀 그렇지 않았다. 도리어 될 대로 되라는, 자포자기의 심정이었다.

침대에 누워 몇 날 며칠 잠만 잤다. 암막 커튼을 치고 하루 종일 방에 누워 천장 쪽 커튼 사이로 해가 나왔다가 사라지는 걸 바라만 보았다. 괴롭지 않은 순간은 그저 잠깐 잠에 드는 순간뿐. 아침에 눈을 뜨면 다시 내게 하루가 주어졌다는 사실이 괴로워 신음했다. 죽지 못해 산다는 게 딱 맞는 표현이었다. 그것이 우울증의 시작이었다.

몰골은 피폐했고 가족들은 내 모습을 보고 놀라 걱정했다. 지칠 대로 지친 나는 누나의 권유로 정신과 상담을 받고 약을 먹었다. 당시 여자 친구도 어떤 식으로 나에게 도움을 줘야 할지 몰라 무척 곤혹스러웠을 것이다. 우리의 관계 또한 외줄타기처럼 위태로웠다. 그 시기 나는 사랑하는 사람들에게 마음의 짐을 안겨 준 셈이었다.

나는 이대로 방에 처박혀 가족들을 힘들게 하느니 먼 나라에 가서 죽든지 살든지 방법을 찾는 게 낫겠다고 생각했다. 무작정 독일 베를린으로 가는 비행기 편도 티켓을 끊었다. 숙소를 예약했고 출국 날만을 기다렸다. 남은 시간 동안 가족과 친구를 만나 작별 인사를 했다. 갑작스러운 결정에 당황한 가족과 여자 친구에게는 '3개월 정도 유럽을 여행하고 금방 돌아오겠다.'는 모호한 말을, 친한 친구에게는 '새로운 기술이라도 배워 정착하든 굶어 죽든…… 할 계획'이라는 말을 했다. 굳이 안심을 시키거나 괜찮은 척할 필요가 없는 친구 앞에서 한 말이 솔직한 심정이었다. 심지어 언제 누구를 만나는지에 따라 내 계획은 매번 바뀌었다.

나조차 내 삶이 어느 방향으로 흘러가고 있는지 알 수 없었다. 모든 걸 내가 감당하고 책임져야 할, 이 부담스럽고 피곤한 인생의 운전대를 누구한테 확 떠넘겨 버리고 싶은 마음이었다.

그렇게 출국 날이 다가왔다. 한 달이 걸릴지 1년이 걸릴지 아무것도 정해진 게 없으면서 서울의 모든 짐은 그대로 둔 채 몸만 떠날 준비를 했다.(주변 사람들은 이 부분이 가장 대책 없었다고 지금도 어이없어한다.) 뒷수습 같은 건 생각할 여력이 없었다. 모든 준비를 마치고 집을 나서기 전, 현관문 앞에 서서 천천히 집 안을 돌아보았다. 한동안 식음을 전폐하고 누워만 있었던 침대, 사 놓고 방치해서 죽어 가는 몇 개의 화분들, 몇 년간 내 그림 작업을 위해 고군분투해 주었던 컴퓨터, 반지하치곤 햇빛이 제법 잘 들어왔던 화장실까지, 그 모든 것이 나와 힘든 시간을 함께했던 동료처럼 느껴졌다. 슬픈 감정이 일었다. 그들을 돌보지 않고 무책임하게 나만 달아나는 듯한 죄책감도 들었다.

인천공항으로 향하는 버스 안, 창밖으로 빠르게 지나가는 익숙한 동네 풍경을 바라보았다. 직장으로 향하는 사람들과 교복을 입고 등교하는 아이들도 보았다. 지금의 나는 그 아이들보다 더 어리숙한 존재처럼 느껴졌다. 미래에 대한 두려움 때문이었을까. 내 한심한 모습 때문이었을까. 갑자기 눈물이 났다. 오래도록 염원했던 내 인생 첫 유럽 여행은 이런 기분으로 시작됐다.

오후 1시 20분. 인천에서 출발한 비행기는 모스크바를 거쳐 베를린에 곧 도착할 예정이었다.

왜 베를린이었을까?

유럽의 다양한 국가와 도시 가운데서 왜 하필 베를린이냐고 많은 사람이 물었다. 사실 그 선택에 그럴싸한 이유 같은 것은 없었다.(왜냐하면 딱히 명확한 계획이 없었기에.) 보통 유럽 여행을 다녀온 사람들의 이야기를 들어 보면, 수많은 여행지 중에서 베를린이 언급되는 일은 거의 없다는 사실을 알게 된다. 그런 면에서 도시 선택은 그야말로 내 직관에 따라 결정한 일이었는데, 내 상상력이 키운 베를린이라는 도시 이미지가 큰 몫을 했다. 얄팍한 계획과 상상으로 베를린을 선택한 이유를 굳이 꼽자면 네 가지 정도가 있다.

첫째, 정말 황당한 이유지만 어감이 마음에 들었

다. 베를린. 그냥 이 이름이 좋았다.(조금 부끄러워서 셋째나 넷째쯤에 놓을까 했는데 아무리 생각해도 이 요인이 큰 것만 같다.)

둘째, 난 보통 사람들이 생각하는 유럽의 아름다움이나 낭만적인 풍경에 대한 기대가 없다. 그렇다보니 유럽에 대한 환상도 거의 없는데 독일이라는 나라 자체에는 관심이 있었다. 전쟁, 분단, 전체주의, 민족주의의 잘못을 거쳐 통일을 이루고 또 계속해서 반성하고 성찰하려는 정부의 노력 때문이다. 그런 반성 속에서 인간은 성장한다고 믿는 사람이기에 전쟁의 상흔과 영원한 반성의 과제를 안고 있는 독일은 늘 경험해 보고픈 미지의 나라였다.

셋째, 특히 춥고 해가 짧은 독일 동북부에 있는 베를린은 내 내면 상태와 어떤 부분에서는 맞닿아 있지 않은가 하는 혼자만의 생각 때문이었다. 무채색의 적막한 도시라야만 내가 느끼는 삶의 어둠이나 우울도 유난스러워 보이지 않을 것만 같았다.

넷째, 안정적인 직업을 구할 수 있는 가능성이 높았다. 내가 그림을 그리는 방식이 어느 순간부터 정신노동에 가깝다고 느꼈다. 내 정신 상태나 기분이 어떻든 묵묵히 손의 기억과 감각을 따라 일을 할 수 있는('편한 일', '단순한 일'이라는 개념이 아니다.) 전혀 다른 기술 분야로 이직도 진지하게 고려했다. 독일은 중소기업이 탄탄하고, 전문 기술이 우대받는 나라이다. 박봉이긴 하지만 외국인에게도 기술 인력 교육을 제공하고 있기 때문에 3년에서 5년 정도 독한 마음을 먹고 언어와 기술을 익히겠다는 의지를 가지면 충분히 도전해 볼 만하다고 느꼈다.

이렇게 적어 내려가다 보니 마치 과감한 판단력과 강단을 발휘하여 새로운 도전을 준비하는 사람처럼 보인다. 하지만 당시 솔직한 심정을 한마디로 정의하자면, 장강명의 소설 제목처럼 '한국이 싫어서'가 맞다. 덧붙이자면 '나 자신도 싫어서'다. 너무 늦은 것은 아닐까? 잘할 수 있을까? 정말 이 방법밖

에는 없는 걸까? 머릿속은 고민과 조바심으로 가득
찼다.

그러던 중, 베를린의 한인 커뮤니티 사이트를 알
게 됐다. 난 거기서 꽤 오랜 시간 검색과 눈팅을 해
가며 정보를 얻고 있었는데 어느 날 뭔가에 홀린 듯
게시판에 글 하나를 올렸다. 어차피 작성자는 익명
이니까 부담 없이 내 모든 것을 적었다.

나이, 지금까지 모아 놓은 돈, 직업, 자라 온 환경,
학력, 경력, 현재의 고민, 앞으로 베를린에서의 계
획(아주 추상적인), 지금 나의 심리 상태, 베를린 생활
에 대해 궁금한 점 등. 일종의 자가 치료와 같은 몸
부림이었을까. 지금 생각해 보면 어이가 없지만, 난
그 글에 온갖 개인사와 고민을 적어 내려갔다. 그리
고 글 끄트머리에는 내가 그린 그림 한두 개를 덧
붙였다. 그래픽 프로그램을 활용해 이런 작업을 할
수 있는데, 직업학교에 지원할 때 이런 포트폴리오

가 도움이 될 수 있는지를 묻기 위해서였다. 조회수
는 200이 넘어갔지만, 댓글은 단 하나도 달리지 않
았다. 당연한 결과다. 이름도 모르는 사람의 길고
지루한 신세 한탄에 진지한 답변을 해 줄 사람은 없
다.

그렇게 또 한 번 실망하고 있던 어느 날 오후, 페
이스북 메신저로 긴 글 하나가 도착했다.

"안녕하세요, 나훔 님. 갑작스러운 메시지에 놀라
지 않았으면 좋겠네요. 평소에 나훔 님의 일러스트
가 참 괜찮다고 생각했던 1인입니다. 한인 홈페이지
에 올라온 글을 보고 반가운 마음에 이렇게 메시지
를 드려요. 불쑥 이렇게 보내는 게 실례가 되지 않
았으면 합니다."

베를린에 사는 Y라는 유학생에게서 온 메시지였
다. 내가 썼던 글을 읽고 연락을 준 것이다.

'익명 게시판이었는데 어떻게 날 알고?'

이윽고 게시물에 덧붙였던 내 그림이 떠올랐다.

얼굴이 화끈거릴 정도로 창피했다.

'그 사이트에 내 그림을 아는 사람이 있을 줄이야. 심지어 내 온갖 개인사와 정보를 실컷 떠들어 댔는데……'

잠시 엎드려 부끄러움을 삭였다. 마음을 진정시키고 다시 글을 읽어 내려갔다. 내가 썼던 장문의 글만큼이나 진심을 담은 답장이었다. 내 많은 질문에 순번까지 붙여 가며 하나하나 정성 어린 답변을 해 주었다. 거기에는 정중함과 읽는 이에 대한 배려, 이해, 애정이 있었다. 글을 집중해 읽어 내려가는 동안에 내 부끄러운 감정은 말로 형용할 수 없는 감동으로 바뀌었다.

Y는 내 그림을 좋아한다며 독일에서도 충분히 잘해낼 수 있다고 용기를 북돋아 주었다. 설령 유럽에서의 장기 계획이 틀어지더라도 그 과정에서 분명 인생에 필요한 배움이 있을 거라고 말해 주었다. 너무 벅찬 감동을 느낀 나머지 바로 답을 하지도 못하

고 한참이 지나 늦은 밤이 되어서야 생각을 정리해 감사의 답장을 보냈다.

그 후로도 베를린에 사는 한국 사람 한두 명이 내 글을 읽고 SNS로 메시지를 주었다. 정말 놀라웠다. 적당히 읽고 넘길 수도 있었을 텐데 성심성의껏 베를린에 대한 정보나 개인적인 견해를 말해 주었다.(물론 그쯤 되어서는 부끄러움도 배가 되어서 한인 사이트의 게시물은 지웠다.)

놀라운 일이었다. 그림을 그리지 않았다면 결코 경험할 수 없었을 값진 인연이라는 생각이 들자 나약했던 내 자신이 바보처럼 느껴졌다. 나조차도 부정적인 감정에 휩싸여 무의미하다고 여겼던 과거의 내 그림이 지구 반대편의 누군가를 불러와 나를 일으켜 주는 것처럼 느껴졌다.

잠시 잊고 살던 삶의 이치를 떠올렸다. 내가 치렀던 경험이라는 작은 점이 당장은 보잘것없어 보여도 미래의 어떤 점으로 다시 이어질지는 아무도 알

수 없다는 것. 그것은 타인은 물론이고 나 자신조차
도 결코 과소평가할 수 없는 일이다.

Y는 나보다 네 살 많은 형이고, 그날부터 내겐 베
를린에 가서 가장 먼저 만나야 할 사람이 되었다.
훗날 베를린에서도 우리는 종종 만나 이야기를 나
눴다. 형은 내가 불안해하고 힘들어할 때마다 인생
을 너무 복잡하게 생각하지 말라며 격려해 주었다.

Life is beautiful

아무 계획도 없이 도착한 베를린에서 첫 달은 정말 천천히 흘러갔다. 우연히 구한 숙소가 하필 시외곽 쪽이었기 때문에 한동안 나는 '베를린은 생각보다 엄청 시골 풍경의 도시구나.' 착각하며 지냈다. 집 밖을 나가면 주변엔 넓은 들판이 사방으로 펼쳐져 있었고 닭, 말, 당나귀 등이 자유롭게 뛰놀고 있었다. 앙상한 나뭇가지가 대부분이었지만 저녁녘 노을빛의 풍경은 따뜻했다. 그런 풍경이 대책 없는 하루를 보내고 있던 나에겐 제법 큰 위로가 되었다. 어느 날은 내 옆으로 지나가는 자동차와 벌판의 풍경이 평화로워 사진으로 찍어 놓고 그림으로 옮겼다. 참 오랜만에 그려 보는 그림이었다.

당장은 별 계획이 없었다. 그저 하루 종일 방 안에 있거나 한적한 동네를 걷고 또 걸었다. 마트에서 장을 봐 오는 것이 내 특별한 일과 중 하나였다. 한국에는 없는 것들도 꽤 많았고, 안정적인 물가로 유명한 독일답게 식료품이 한국과 비교했을 때 훨씬 저렴했다.

'장 보는 데 이 정도 비용이 든다면 굳이 돈을 많이 벌지 않아도 그림만 그리면서 먹고살겠는데?'

처음으로 그런 생각을 했다.

어느 날은 통조림 진열대 앞에 서서 '이게 개 사료인가, 사람 음식인가?' 진지하게 고민한 적도 있다. 무슨 말인지 전혀 알 수 없는 독일어를 보며 한참을 그곳에 서 있던 내가 우스웠다. 계산할 때 미리 외워 둔 독일어로 용기 내 인사했고, '혹여나 못 알아듣는 말을 직원이 건네면 어쩌지?' 하고 두려워했다. 별 탈 없이 직원이 상냥하게 인사하면서 잔돈을 건네주면 그게 그렇게 기분이 좋았다. 그런 일상적이고 소소한 것이 두려움이자 설렘으로 다가온다는 것. 바로 이방인의 특권이자 슬픔이었다. 다시 아무것도 모르는 어린아이의 상태로 돌아왔다고, 나는 생각했다.

베를린에서 유학을 준비 중인 친구를 만나기 위해 베를린 중앙역으로 가면서 '내가 중심지로부터 이렇게 멀리 떨어져 살고 있었구나.' 실감했다. 친구는 나에게 "아무 계획이 없다고는 해도 베를린 중심으로 와서 이것저것 경험을 해 봐야 하지 않겠냐?"라고 제안했다. 나도 동의했다. 얼마 후 친구는 방 하나를 소개해 줬다. 유학생 친구가 쓰던 방이었는데 잠시 한국에 가게 되어서 한 달 정도 빌려 쓸 수 있었다.

이사한 뒤로도 내 생활에 큰 변화는 없었다. 여전히 하루는 제멋대로 무의미하게 흘러갔다. 늘 그렇듯 집 근처 마트를 찾아 그곳에서 식료품을 사고 집에 와서 요리해 먹었다. 베를린 중심으로 들어온 건 다양한 미술관, 카페, 건축물을 자주 편하게 가 보려는 마음이었지만 나는 수수께끼 같은 독일 마트에서 다양한 품목을 살펴보는 게 더 즐거웠다.

마트의 신기한 재료와 저렴한 가격에 신이 나서 이것저것 담다가 돌아오는 길에 무척 애를 먹은 날도 있다. 앞뒤 재지 않고 순전히 본능에 이끌려 장을 보는, 대책 없는 인간이 나였다. 더 웃긴 사실은 내가 어떤 요리를 해 먹을지 생각하고 장을 보는 게 아니라는 점이다. 직감에 따라 잔뜩 장바구니에 담아 와서 부엌 테이블에 펼쳐 놓고는 이것들을 어떻게 먹을 만한 형태로 조합, 조리할 것인지를 고민한다. 상황이 이렇다 보니 밥 먹기 전 완성된 요리를 접시 위에 올려 보면 식전이 아니라 식후로 보일 정도로 형편없는 경우가 허다했다. 오븐을 잘 사용할 줄 모른다는 점도 상황을 악화시켰다. 한국에선 가스레인지를 주로 써서 간단한 제품도 오븐에 조리하려면 꽤 애를 먹었다. 그렇게 마트에서 장을 보고 요리해 먹고 나면 시간은 벌써 오전에서 오후로, 낮에서 저녁으로 훌쩍 흘러가 버렸다. 신기한 체험이었다.

설거지를 쌓아 둔 채 그대로 침대에 눕는다. 그리고 가만히 천장을 바라보며 현재의 나를 자각하고 동시에 그동안 내 주변을 감싸고 있던 관계를 떠올린다. 한국에서 각자의 위치를 지키며 살아가고 있는 내 가족, 친구……. 나는 이곳에 무엇을 위해, 왜 왔을까? 도대체 내 인생은 어디로 흘러가는 걸까? 그림을 계속 그려야 할까? 다른 기술이라도 배워 봐야 할까? 독일어는? 왜 독일? 이런 질문을 지금 이 나이에? 겉보기에 세상 누구보다도 편한 모습이지만, 그런 질문이 날 에워싸고 현실을 자각하게 될 때마다 천장이 아래로 날 짓누르는 것처럼 답답했다. 그럴 때면 몸을 일으켜 어디로든 나가자는 생각을 하고 애써 밖으로 나갈 이유를 만들었다. 한동안은 이런 하루의 연속이었다.

비 내리는 어느 저녁, 베를린 유학생 인터넷 커뮤니티에 '맥도날드 빅맥 1유로 쿠폰!'이 올라왔다. 행사 이미지를 핸드폰에 저장해서 가져오면 1유로에 빅맥을 준다는 것이었다. 지출을 줄이고 싶었고 마침 저녁을 해 먹기도 귀찮았던지라 우산을 들고 맥도날드로 향했다. 가게 안에는 네다섯 명이 기다리고 있었다. 주문하면 대기 번호를 받고, 음식이 준비되면 직원이 직접 번호를 불러서 고객이 받아 가는 시스템이었다. 곧 그 시스템이 내게 조금 불리하다는 사실을 알아차렸다. 당시 초급 독일어책으로 공부하던 나는, 독일어 숫자를 현지인의 입을 통해 들어 본 적이 없었다. 1(아인스), 2(츠바이), 3(드라이), 4(피어)…… 한 자릿수까지는 그래도 더듬더듬 말하고 들을 수 있었지만 그때 나의 대기 번호는 아쉽게도 389번이었다.(독일어는 유난히 단어가 길기로 유명하다.) 목소리는 컸지만 말 속도가 빠르고 불친절해 보이는 직원은 음식이 준비되는 즉시 대기 번호를 외치고 있었다. 아무리 귀를 기울이고 노력해 봐도 그 소리는 내 귀에 외계어에 지나지 않았다. 그렇게 당황해서 우왕좌왕하던 찰나에 내 차례라는 걸 알게 됐다. 왜냐하면 분주하던 프런트에 아무도 나타나지 않았고, 주인이 나타나기를 바라며 목청껏 번호를 외치는 직원과 내 눈이 마주쳤기 때문이다. 서둘러 번호표를 들고 직원에게 갔다. 직원은 성가시다는 표정으로 빅맥을 건네줬다. 아빠 손을 잡고 있던 귀여운 남자아이는 눈을 동그랗게 뜨고 굳은 표정으로 날 이상하다는 듯 쳐다보았다. 다시 우산을 쓰고 집으로 돌아오는 길, 임무는 완수했지만 왠지 모르게 비 맞은 생쥐 꼴이 된 기분이었다. 독일어로 숫자 하나 제대로 못 알아듣는 서른 살 아저씨는 도대체 베를린에서 지금 무엇을 하고 있는 것일까?

저녁을 급하게 먹어서인지 속이 더부룩해져 산책을 하고 싶었다. 집에서 나와 베를린 동물원역 쪽으로 버스를 타고 갔다. 역 근처를 돌아다니며 여러 가게와 사람들을 구경했다. 삼삼오오 모여 즐거운 목소리로 떠드는 사람들 사이를 비집고 정처 없이 계속 걸었다. 갑자기 인터넷 뱅킹으로 돈이 입금되었다는 알람이 울렸다. 그럴 일이 없는데? 확인해 보니 '예금 결산 이자'라는 이름으로 125원이 입금되었다는 내용이었다. 헛웃음이 나왔다. 걷다 보니 오른편에 큰 쇼핑몰 건물 하나가 나왔다. 건물 꼭대기를 올려다보니 분홍색으로 반짝이는 글자가 눈에 들어왔다.

'Life is beautiful'

그날 밤, 나는 세상이 나를 놀리고 있다고 생각했다.

내게 필요한 건
봄이었을까?

베를린에서 백수처럼 하루하루를 보내던 어느 날, 파리에 사는 L누나에게 연락이 왔다. 밥은 잘 먹고 다니는지, 도착해서 어떻게 지내는지……. 난 "밥은 적당히 대충 때우고, 오늘은 하루 종일 누워 있었다."라고 솔직하게 내 건조한 일상을 전했다. 그러자 누나는 "할 거 없으면 파리에 놀러 와. 떡볶이나 해 먹자."라고 했다. 마치 이웃 주민이 저녁에 떡볶이나 만들어 먹자고 말하는 것과 같은 친근함이었다.

디자인 회사에서 일하다 오직 요리를 시작하기 위해 파리로 온 누나는 내게 큰 용기와 위로를 주었다. 퇴사를 앞두고 우울이 깊어져 잠이 안 오던 어느 늦은 밤, 파리에 있는 누나에게 뜬금없이 메시지를 보낸 적이 있다.

"누나, 파리에서 지낼 만해요? 저 곧 회사 그만둬요. 그림도 이제 그만할까 생각하고 있어요. 독일에서 기술이라도 배워 볼까 고민해요. 사실 아무 계획이 없어요. 무서워요."

"잘 생각했어. 좋아. 뭐든지 할 수 있어. 나훔아, 나도 계획 없어. 무계획이 계획이야."

무계획이 계획.

가장 힘들 때 들었던 그 말이 이후로도 곱씹을수록 달달한 맛이 나서 지금까지도 인생의 신조로 삼고 있다.

밤 9시, 파리 오를리 공항에 도착했다. 누나는 "Bienvenue à Paris.(파리에 온 것을 환영합니다.) 김나훔. 떡볶이를 먹으러 파리에 온 당신!!"이라고 적힌 A4용지를 들고 나를 맞이했다. 낯선 이국땅에서 이런 귀여운 환대라니, 오랜만에 행복한 기분을 느꼈다.

집에 도착하자마자 누나는 칼칼한 한식을 먹고 싶다고 했던 내 말을 기억하고 떡볶이와 맛있는 프랑스 맥주를 꺼내 왔다. 밤늦게 이것저것 짐을 들고 오느라 노곤한 상태였는데 짐을 풀자마자 이런 멋진 대접을 해 주니 굳었던 몸과 마음이 단번에 풀어지는 기분이었다. 10년 전에 요리하던 나와 디자인을 하던 누나. 지금은 누나가 요리하고 내가 그림을 그리고 있다.

"인생은 정말 알 수가 없어. 그치?"

우리는 지금 상황을 새삼 신기해하며 계속 이런 말을 주고받았다.

파리에서 일주일을 지내며 누나와 몽생미셸(Mont-Saint-Michel)에 갔던 일이 떠오른다. 그 섬에는 환상적인 모습의 기묘한 성 하나가 커다랗게 자리하고 있다. 아브랑슈의 주교였던 오베르가 천사 미카엘의 계시를 받고 지은 건축물이라고 한다. 성 가까이에 다가갈수록 그 웅장한 전경에 압도되었다. 마치 동화 속 한 장면이 눈앞에 펼쳐진 듯했다.

건물 꼭대기에는 바람이 거세게 불었다. 그러면서도 동시에 내리쬐는 햇살은 따뜻했다. 천천히 걸어 내려오는데 계단 근처에 조금씩 피어나는 살구꽃을 발견했다. 가문 내 마음처럼 세상도 내내 겨울인 줄로만 알았는데 어느새 봄이 다가오고 있었다. 그렇게 따뜻한 계절이 온다는 사실이 큰 위안이 되었다. 아직 다 피지 않은 꽃나무 하나에 이런 깊은 위로를 받을 수 있다니 놀라웠다. 그 순간의 강렬한 기억을 사진으로 남겨 두었다가 나중에 베를린으로 돌아와 그림으로 옮겼다.

여기저기 구경하다 보니 렌터카 반납 시간이 얼마 남지 않아서 우린 자동차를 급히 파리 방향으로 돌렸다. 조금씩 태양도 바닥으로 떨어지고 있었다.

날씨는 흐렸다가 맑아지기를 반복했다. 속도를 높여 한창 가고 있는데 길 앞에 커다란 무지개가 보였다. 나는 큰 소리로 외쳤다!

"와! 무지개예요!!"

"와 정말! 너무 이쁘다!!"

누나도 소리쳤다. 한껏 격양된 우리는 음악 소리를 더 키웠다. 자세히 보니 뒤에 흐린 무지개가 하나 더 있었다. 난 그날 태어나 처음으로 쌍무지개를 봤다. 가랑비가 내리는 차창 앞으로 와이퍼가 왔다 갔다 했다. 와이퍼가 무지개를 그리는 것처럼 보였다. 서쪽 구름 사이로 햇살이 내려와 밭을 황금빛으로 물들였다. 눈앞의 다채로운 풍경과 멋진 음악이 한데 뒤섞여 그 순간 모든 것이 꿈의 풍경처럼 여겨졌다. 그때의 기억을 떠올려 보면 눈앞을 왔다 갔다 했던 와이퍼가 느린 동작처럼 그려진다. 시간은 순간의 감정과 상황에 따라 저마다 다른 속도로 흐른다는 누군가의 이야기가 떠올랐다.

해가 떨어지고 어둠이 찾아왔다. 이미 렌터카 반납 시간은 지난 상태였다. 자동차는 아득한 어둠 속을 계속 달렸다. 난 칠흑 같은 어둠이 신기해 창문을 내렸다. 하늘을 올려다보니 바닥으로 쏟아질 듯 무수한 별들이 밤하늘을 수놓고 있었다. 누나에게 창밖을 보라고 말했다. 누나도 창밖의 별들을 슬쩍 보더니 환호했다. 우린 갓길 쉼터에 차를 세우고 별을 구경했다. 내심 반납 시간이 걱정됐지만 누나는 "어차피 늦어진 거, 상관없어!" 하고 말했다. 똑딱이 카메라를 자동차 위에 올려놓고 하늘을 바라보게 한 뒤 타이머 촬영으로 별을 담았다. 실컷 별을 보고 다시 자동차에 올라타며 나는 말했다.

"누나, 오늘 진짜 자연한테 다 받은 거 같아요."

봄을 알리는 꽃, 빗길에서 마주한 쌍무지개, 밤하늘의 별까지 정말 오늘 하루 자연에게 받을 수 있는 선물을 다 받은 기분이 들어서 한 말이었다.

시간은 지날 대로 지나 버렸다. 마음을 내려놓으

니 조급함이 사라졌다. 이제 거의 파리 시내에 다와 가는 듯했다. 창밖 먼 산을 보았는데 산과 산 사이에 주황색 불빛이 눈에 들어왔다.

"산불이 났나 봐요."

내 말에 누나도 가만히 보더니 "어머, 정말." 했다. 몇 분 뒤, 그 빛이 붉고 거대한 보름달이었다는 사실을 알게 됐다. 달력을 보니 그날은 3월 3일. 정월 대보름 다음 날이었다. 우린 또 한 번 환호했다.

"세상에, 달이 남아 있었네……."

난 조금 아연한 기색으로 중얼거렸다.

시간이 꽤 흘렀지만, 이날의 상황을 글로 옮기는 것만으로 다시 그때의 두근거림이 선명하게 떠오른다. 아마 평생 잊을 수 없는 추억 중 하나가 아닐까 싶다. 자연과 계절의 변화가 주는 선물이 이렇게 나에게 절절하게 다가올 수 있다는 것에 감동했다. 그동안 자연은 적당한 거리에서 늘 친근하게 날 바라보고 있었지만 나는 건물 속에 파묻혀 눈과 귀를

닫고 살아왔다는 생각이 들었다. 좀 더 자연 가까이에서 사람답게 살고 싶다는 생각을 이때부터 하기 시작했다.

다시 베를린으로 돌아왔다. 전보다 훨씬 마음 상태가 좋아졌다. 4월이 성큼 다가왔다. 새소리가 들려 창문을 열어 보니 집 앞 앙상했던 나무에 연둣빛 잎사귀들이 잔뜩 달려 바람에 흔들리고 있었다. 겨울 내내 불던 칼바람도 어느새 따뜻한 봄바람으로 바뀌어 있었다. 창문을 양옆으로 열어젖히고 그 앞 침대에 벌러덩 누워 파란 하늘을 올려다보았다. Bonny Doon의 'Long Wave'를 크게 틀었다. 음악에 맞춰 펄럭이는 창문의 커튼을 보며 오랜만에 정말 행복하다는 감정을 느꼈고, 고작 이런 사소한 일에 행복감을 느끼는 내 모습이 낯설었다.

내게 필요한 건 봄이었을까? 나도 길거리나 들판에서 자라는 나무, 꽃, 풀처럼 그저 날씨와 계절에 울고 웃는 작은 생명 중 하나가 아닐까?

봄과 함께 다시 마음 한구석엔 의욕이 싹트기 시
작했다. 무언가를 시작하고 싶어졌다. 장기적인 목
표로 살기보단 우선 오늘을 제대로 살아 내고 싶었
다. 그래서 무작정 독일어 어학원에 가서 4개월 기
초 코스를 끊었다. 당장 이것이 어떤 쓸모가 있을진
모르겠지만 더 이상 매일매일을 낭비하고 싶지는
않았다.

처음 교재와 노트를 가방에 넣고 어학원을 향하
던 날이 생생하다. 봄기운 넘치는 세상은 눈부셨고,
동네 주민들도 하나같이 밝은 모습이었다. 난 마치
유치원에 첫 등원하는 아이가 된 기분이었다. 두려
움보단 설렘이 가득했다. 규칙적인 일정 하나가 생
기니 그 이후의 내 일상의 톱니바퀴도 천천히 맞물
려 돌아가기 시작했다. 베를린의 봄은 그렇게 나를
일으켰다.

나잇값이 뭐라고

어학원에 가기 전, 내가 가장 먼저 했던 다짐 하나가 있다. 남들 눈치 보지 말고 자신감을 갖고 행동하자는 것이었다. 처음이니 모르는 것은 당연하고 질문이 생길 땐 속으로 삼키지 말고 전부 물어보기로 했다. 목소리도 크고 당당하게 내기로 했다. 또한 맨 앞자리에 앉아 선생님의 이야기를 들어야겠다고 생각했다. 어차피 이곳에서 나의 사회적 위치는 걸음마를 막 시작한 아이와 크게 다를 바가 없었다.

이렇게 된 이상 태도만이라도 왕처럼 행동하자는 생각이 들었다. 어깨도 척추도 펴고 걸을 때도 당당하게 걸으면 다른 사람들도 나를 긍정적으로 봐 줄

것 같았다. 독일어도 못하는데 재미도 감동도 없는 미적지근한 동양인 학생으로 비치고 싶지 않았다.

독일어 A1 기초반 수업에는 영국, 스페인, 이탈리아, 브라질, 콜롬비아, 페루, 탄자니아 등 다양한 국적의 학생들이 있었다. 아시아 사람은 나뿐이었다. 내 생애 처음으로 이런 다양한 인종의 친구들을 한 공간에서 만나게 되었다는 사실에 마음이 두근거렸다. 우린 독일어 인사인 "Hallo!(할로!)"를 외치며 수업을 시작했다.

독일어 선생님 미라는 쪽지에 각자 자신의 나라를 적고 어디에 자리 잡고 있는지 알 수 있도록 칠판 앞 지도에 붙여 보자고 했다. 학생 대부분은 유럽, 남미 쪽에 몰려서 쪽지를 붙일 자리가 없을 정도였고 나만 먼 땅 한반도에 쪽지를 붙였다.(코딱지만 한 땅에 그마저도 반으로 나눈 남쪽의 '남한'이라는 점을 분명히 해야 했다.) 나는 그 커다란 지도를 보면서 새삼 반도의 작은 우리나라를 실감했고 위로는 북한

이 있는 현 상황이 섬나라와 다를 바가 없다고 생각했다. 선생님은 내게 "여기 학생 중 너희 나라만 알파벳이 다르네. 힘들지?"라며 천천히 열심히 해 보자고 말해 주었다. 그런 세심한 말이 따뜻했다.

계획대로 나는 매일 맨 앞좌석에 앉아 선생님을 바라보았고 하고 싶은 말을 맘껏 뱉었다. 알파벳부터 시작한 정말 기초 수업이었음에도 내가 손짓, 몸짓으로 얼마나 하고 싶은 얘기들을 맘대로 떠들어댔는지 떠올리면 어떻게 그럴 수 있었나 싶다.

예전부터 스페인, 이탈리아 사람들이 우리나라와 정서가 비슷하다는 이야기를 들은 적이 있는데 실제로 수업 중에 사귄 이탈리아 친구 빈첸초가 그랬다. 그는 매우 활발한 성격으로 나와 많은 부분에서 통했다. 우리의 개그 코드는 굳이 문장으로 만들어 뱉지 않아도 표정이나 간단한 단어로도 충분히 통했다. 그 사실이 무척 놀라웠고 또 즐거웠다. 어느덧 우린 독일어 기초반의 분위기 메이커가 되었고 또 친한 사이가 되었다. 한 가지 신기했던 점은, 수업하는 내내 우리 반 학생들이 서로의 나이를 전혀 궁금해하지도 않고 묻지 않은 채로 몇 개월을 지냈다는 사실이다.

나는 틀리든 말든 자신 있게 엉망인 독일어를 내뱉었고 그렇게 무작정 내뱉는 것이 외국어를 최대한 빨리 배우는 방법이라 여겼다. 그 덕분에 독일어 실력과는 무관하게 어학원 친구들과 자주 소통할 수 있었고 더 가까워졌다.

어느 날, 평소처럼 어학원 교실에 들어가니 젊은 동양인 여자 한 명이 앉아 있었다. 얼핏 봐선 한국인으로 보였고 나보다 한참 어린 친구 같았다. 우리가 인사를 채 나누기도 전, 빈첸초는 유난스럽게 "한국에서 너의 친구가 왔어!"라고 말하며 이상야릇한 표정으로 웃었다. 그의 눈엔 우리의 나이 차이가 별로 느껴지지 않았을 것이고, 아마 나와 같은 나라에서 온 이성이 들어왔다는 사실에 내가 몹시 기쁠 거라고 생각한 모양이었다. 난 소란스러운 아이들 사이로 지나가 내 자리에 앉았다. 그리고 묘한 분위기에 어색함을 느끼며 먼저 인사를 건넸다.

이 어학원에 먼저 적응했고 나이도 내 쪽이 훨씬 많을 것 같다고 생각했기 때문에 난 나름대로 긴장했을 친구에게 넉살 좋게 다가가 말을 걸었다. 우린 서로 독일에 온 지 얼마나 됐고, 무슨 일로 여기에 왔는지에 대해 간단한 이야기를 나눴다. 그리고…… 나는 묻지도 않은 나의 한국 나이를 먼저 이야기하고 말았다.

도대체 왜 그랬을까? 서열 정리나 대화의 우위를 차지하려는 의도는 전혀 없었다. 굉장히 자연스럽게 대화의 흐름이 그렇게 흘러가 버렸다. 내 예상대로 나이는 열 살 가까이 차이가 났다. 그때까지만 해도 나는 뭐가 잘못됐다고 느끼지는 않았다. 내가 문제를 직감했던 것은 바로 수업을 시작한 뒤부터

였다. 도대체 무슨 일인지 수업 시간마다 마구 떠들어 대던 내 입이 쉽게 떨어지지 않는 것이었다. 그렇게 된 이유가 바로 건너편에 앉아 있는 한국 학생 때문이라는 사실을 깨달았다. 아니, 엄연히 말하면 '내 신상을 알고 있는 우리나라 사람이 저기에 있다.'는 사실을 의식하고 있는 나 자신 때문이었다. 그 학생 눈에 '이상한 독일어를 하는 주제에 큰 목소리로 철없이 떠드는 아저씨'로 보이는 게 아닐까 하는 두려움이 생긴 것이다. 아무도 강요하지 않았지만 나는 스스로 '나잇값'을 하기 위해 애를 쓰고 있었다.

수업이 끝나고 나서 친구들과 선생님은 내게 혹시 어디가 아프냐며 이전과 수업 태도가 달라진 나를 걱정했다. 나도 도무지 이해되지 않았다. 그리고 이토록 예민하고 나약한 나 자신에게 무력감을 느꼈다. 임시로 우리 반에 왔던 그 학생은 이후 다른 기초반에 정식으로 배정받았고 나는 다시 평소와 같은 태도로 돌아갈 수 있었다.

이날의 경험으로 내가 얼마나 주변 사람들과 환경에 쉽게 지배되는 취약한 인간인지 알게 되었다. 또 베를린에 와서 얻은 이방인의 지위가 얼마나 나를 원시적인 한 인간으로 자유롭게 만들어 주는지를 느꼈다.

왜 안 돼?

"Warum Nicht(바룸 니히트)?"

독일에 와서 가장 좋았던 말이다. 그리고 아마 앞
으로도 가장 좋아할 말이다. 수업 시간 이런저런 질
문에 내가 자의든 실수든 뚱딴지같은 소리를 하면
선생님이 자주 했던 말이다.

"청소를 얼마나 자주 하니?"라는 질문을 "티브이
를 얼마나 자주 보니?"라고 잘못 이해해서 "아예 안
봐.(안 해.)"라고 했다. 교실 안 친구들은 술렁였다.
나훔은 청소를 아예 안 한대. 선생님은 당황하다가
웃으면서 말했다.

"Warum Nicht?(왜 안 돼?) hahaha."

창피하지만 하루는 수업이 끝나고 용기 내 선생

님한테 말했다.

"난 영어를 진짜 못해요. 그래서 선생님이 설명할 때 저만 이해를 못 할 때가 있어요. 수업이 끝나고 질문해도 괜찮을까요?"

"아, 물론이에요. 나훔, 말해 줘서 고마워요."

질문하고 고맙다는 말을 듣는 건 처음이었다. 솔직히 정말 감동했다. 어릴 적에 궁금한 걸 물어보면 "그게 대체 왜 궁금하니?", "바쁜데 쓸데없는 질문 좀 하지 마."와 같은 이야기를 많이 들었다. 그러다 보니 궁금한 게 있어도 목구멍 안으로 꾸역꾸역 삼켰던 일이 많았다.

엄마 말에 따르면 내가 태어나서 처음으로 했던 말이 "이게 뭐야?"라고 한다.(독일에서도 같은 뜻인 Was ist das. 이 말을 제일 많이 했다.) 우리 집에 오신 할아버지한테 내가 하도 "이게 뭐야, 이게 뭐야." 묻는 통에 그냥 집으로 돌아가 버리셨다는 웃지 못할 해프닝도 있다. 내 호기심은 타고난 건가 싶기도 하다. 하지만 성장하면서 세상은 질문을 하는 사람보다 정답을 아는 사람에게 더 많은 발언권을 준다는 것을 알게 된 이후로 천천히 내 안의 질문들을 없애 나가고 있었다. 어린 시절부터 잘못된 질문은 없다는, 좋은 질문을 해 줘서 고맙다는, 그런 말을 들으면서 자랐다면 얼마나 좋았을까?

베를린에서 지내는 동안 다양한 사람을 구경하는 것이 매우 즐거운 경험이었다. 유럽에서도 특히 베를린은 수많은 국가의 사람들이 모여 살기로 유명한 도시였다. 어학원에서 여러 인종의 친구들을 만나고, 길거리에서 다양한 사람을 보다가 집으로 돌아오면 거울에 비친 내 모습이 어딘지 낯설게 느껴지기까지 했다. 단순히 외적인 부분만이 인상적이었던 건 아니었다. 각자 자유롭게 자기 방식대로 살아가는 사람들을 바라보는 것 또한 큰 즐거움이었다. 내가 살던 집은 베를린 장벽에서 가까웠는데 그

근방 공원을 종종 산책했다. 평일에 어학원 가는 것 말고는 딱히 일정이 없었던 나는 여기저기 걸어 다니며 길거리 사람들을 유심히 관찰했다.

봄이 다가오니 사람들이 죄다 잔디밭에 누워 햇살을 쬐고 있었다. 웃통을 벗고 한 마리 사자처럼 햇살을 받고 있는 사람들의 모습에 난 조금 놀랐다. 겨울의 부족한 일조량 때문이라고는 하지만 그래도 저 정도인가 생각했는데, 베를린에서 지내는 시간이 늘어날수록 그 모습이 지극히 자연스럽게 여겨지기 시작했다. '그러고 보면 서울에서 사는 동안 나는 햇살을 얼마나 받으며 살았을까?' 하는 생각도 들었다. 반지하 집에서 출근을 준비하고 지상으로 올라와 역까지 잠깐 걸어가고 다시 또 지하로 들어가 지하철을 탄 뒤에 건물과 건물 사이에 있는 사무실로 출근하는 게 수년간 나의 일상이었다. 햇살을 쬐거나 하늘을 올려다볼 여유는 거의 없이 살았던 과거의 내가 떠올랐다. 어쩌면 내가 우울증에 걸린 건 식물이 광합성을 못 하면 죽는 것처럼 지극히 자연적인 이유 때문이 아니었을까.

'그래, 우리도 그저 한 마리 동물일 뿐인데……, 얼마나 원대한 목표와 가치가 있다고 지극히 자연스러운 일들을 미루며 살아온 것일까?'

공원에는 그림을 그리고 노래를 하는 예술가들도 많았다. 특히 매주 일요일에는 벼룩시장이 열려 더욱 활발한 에너지를 만끽할 수 있었다. 꼭 공원에만 예술가들이 있는 것은 아니었다. 지하철에도 역에도 말 그대로 거리의 예술가들이 여기저기 자리를 잡고 있었다.

여느 때처럼 공원을 산책하던 나는 바닥에 쭈그려 앉아 있는 한 남자를 봤다. 가까이 가서 들여다보니 그는 3유로를 받고 낱말을 뽑아 즉흥적으로 시를 지어 주는 사람이었다. 난 그 사람에게 시 한 편을 부탁했고, 남자는 깡통에서 낱말 두 개를 뽑더니 진지하게 고민하고 내게 짧은 시 한 편을 적어 주었다. 나를 위한 시 한 편이라니 무척 근사한 선물을 받은 기분이 들었다. 단순하지만 따뜻한 예술이 사람을 행복하게 했다.

나는 그런 거리의 예술가들을 보면서 마음 한편에 의문이 싹텄다.

'과연 저걸로 생계가 유지된단 말인가?'

'하루 벌어 하루 먹는 정도는 되겠지만 저게 장기적으로 삶의 안정을 가져다줄 수 있단 말인가?'

'한 번뿐인 인생, 정말 저 정도로도 괜찮단 말인가?'

그 이후에도 다양한 사람들을 만나면서 나는 이런 물음표가 머릿속에 떠오르는 것을 막을 방법이 없었다. 단순히 먹고사는 일에만 국한되지 않았다. 배꼽티를 입고 머리를 양 갈래로 딴 남자(옆에 여친 있음.), 외계인처럼 연두색으로 모자, 티셔츠, 바지, 신발을 맞춰 입은 남자, 의미를 알 수 없는 한글 타투를 등, 허리에 덕지덕지 도배한 여자, 강아지와 함께 길바닥에 앉아 이상한 목소리로 노래하는 사람들까지. 내 상식으로는 이해가 안 되는 베를린 사람들을 마주칠 때마다 머릿속에 보수적인 생각이 꼭 떠올랐다.

하지만 놀라운 점은 그 개성 넘치는 사람들을 주변 누구 하나 특이하다거나 이상한 시선으로 보지 않는다는 점이었다. 그들은 수많은 삶의 다양성을 보는 것이 일상인 사람들이었다. 전체적으로 봤을 때 가장 비상식적인 사람은 그 개성 넘치는 사람들을 동그란 눈으로 유난스럽게 지켜보는 바로 나 하나였다. 그때 비로소 내 시야가 매우 딱딱하고 닫혀 있다는 사실을 인정할 수밖에 없었다.

삶은 무척 소중하고 단 한 번뿐이기에 인생의 선택을 심사숙고해야 하지만 바로 그 사실 때문에라도 거침없이 달려들고 내 마음 가는 대로 흠뻑 살아봐야 하는 것이다.

어쩌면 우리는 각자 자신이 무엇을 좋아하는지

모르고 그저 유행이나 평판에 휩쓸려 '남 부럽지 않
게 살고 싶다.'는 매우 소박한 척하지만 절대 불가
능한 꿈을 꾸면서 하루하루를 힘겹게 보내고 있는
것이 아닐까. 100명이 있다면 100가지 다양한 색을
뿜어 내면서 살아가면 된다.

"왜 안 돼?"

먼 북소리

베를린에서 지내는 동안 내 정서는 조금씩 안정을 찾아가고 있었다. 어학원에 다니며 하루하루 나름의 목적을 갖고 살다 보니 삶의 바퀴가 천천히라도 굴러가게 되었다. 어학원과 집을 오가는 매우 단순한 패턴이었다. 처음 독일에 올 땐 기술이라도 배우자는 생각이 있었지만, 마음이 조금씩 치유되니 다시 창작에 대한 불씨가 살아나기 시작했다. 혹시 몰라 챙겨 온 태블릿과 노트북으로 그림을 그렸고 또 순간순간의 기분과 생각을 SNS에 기록했다.

어느 날, 자고 일어났는데 한국에서 메일 하나가 와 있었다. 제법 큰 규모의 프로젝트 작업 의뢰였다. 하루하루 모아 놓은 돈을 소모하고 있다는 사실에 불안했는데 마침 정말 기쁜 소식이 도착한 것이다. 독일과 한국의 일과 시간이 겹칠 때 화상회의를 했기 때문에 시차는 생각보다 큰 문제가 되지 않았다. 어학원을 가기 전에, 그리고 다녀와서 쭉 그림을 그렸다. 그렇게 큰 프로젝트 하나를 마무리할 수 있었다. 전부터 장소에 구애받지 않고 일하는 상상을 한 적은 있지만 막상 실제로 타국에서 일을 해보니 세상이 발전했다는 걸 실감했다.

사실 그전까지는 갖고 있는 돈을 최대한 아껴 쓰자는 생각에 지출할 때마다 가계부에 적었다.(난 정말이지 평소 이런 걸 기록하는 성격이 아니다.) 독일의 식료품 물가는 꽤 안정적이어서 다행이었지만 얼마나 이곳에서 지낼지 모르는 상황이라 심리적 압박은 제법 있었다. 어쨌거나 타국에서 일 하나가 들어왔다는 사실은 사회 초년생 시절, 처음으로 일이 들어온 것만큼이나 기쁜 사건이었다. 놀랍게도 이후로 몇 건의 일이 더 들어왔다. 그렇게 한 해를 돌아

보니 독일에서의 생활비는 그해 내가 그림을 그려서 번 돈으로 모두 충당이 되었다.

룸메이트 친구는 놀 곳 많고 갈 곳 많은 베를린에 살면서도 집에만 처박혀 있는 나를 보며 "형은 어디 가서 베를린에서 살았다고 말하면 안 돼."라고 농담을 할 정도였다. 핑계를 대자면 여전히 나는 바깥의 자극보다는 내 안의 목소리에 귀를 기울이는 시간이 필요했던 것 같다.

이제 앞으로 어떻게 살아가야 할까? 독일 생활은 대체로 만족스러웠다. 자유분방한 사람들과 자연친화적인 도시 분위기가 정말 나에게 잘 맞았다. 학교에 다니고 싶다는 마음이 싹트면서 독일에 더 있고 싶어졌다. 가르치는 사람이 아니라 학생 위주로 흘러가는 독일식 교육에 흥미가 생겼다. 그동안 비전공자로서 나 혼자 힘으로 체득한 예술 활동을 멈추고 이곳에서 정식으로 예술 교육을 받는다면 난 어떤 사람이 될 수 있을까.

하지만 그런 생각과 동시에 내 머릿속엔 한국에 있는 사랑하는 사람들의 얼굴이 떠올랐다. 불안한 마음으로 날 지켜보던 가족들과 여자 친구에게는 3개월 정도만 여행하다가 돌아오겠다고 했건만…… 귀국 날짜는 점점 미뤄졌다.

여자 친구와의 관계도 정리가 필요했다. 서울에서 직장을 다니고 있던 그 친구는 나와 달리 서울살이에 충분히 만족하며 무탈한 일상을 살아가고 있었다. 하지만 나는 다시 한국에 돌아오더라도 서울에서 살 생각은 접은 상태였다. 그동안 별문제 없이 연애를 이어 왔지만 냉정하게 말해 장기적으로는 삶의 방향이 달랐다. 종종 통화를 할 때에도 우리는 미래 이야기를 하곤 했는데 그럴 때마다 각자 입장은 평행선을 달렸다. 어둡고 우울했던 과거와 달리 내 자존감이 조금씩 살아나고 삶의 방향을 수정해 나갈수록 여자 친구와 내 생각 차이는 벌어졌다.

내 뜻을 굽힐 수는 없었다. 사랑도 중요하지만, 먼

저 나라는 토양이 단단해야 그 위에 우정이나 사랑
도 자랄 수 있기 때문이다. 이제는 멈춰 있는 관계
를 정리해야 했다. 서울에 돌아오게 된 것은 그 이
유가 가장 컸다. 마음의 짐도 서로에 대한 감정도
정리해야, 해외에서든 국내에서든 내가 다음 단계
로 나갈 수 있다고 생각했다.

반년이라는 시간이 흐른 뒤, 오랜만에 돌아온 서
울은 어딘지 어색한 기분이 들었다. 높은 빌딩과 엄
청나게 많은 자동차와 인파까지. 특히 사람들의 비
슷한 헤어스타일이나 옷차림이 눈에 띄었다. 새로
운 유행이 그 짧은 순간에 생겨난 것이 아니라, 그
전에는 보이지 않았던 것이 보이기 시작했다는 말
이 맞을 거다. 일사불란하게 움직이는 인파를 바라
보며 묘한 반가움과 동시에 부자연스러운 느낌을
받았다.

공덕역 카페에서 오랜만에 여자 친구를 만났다.

영상통화도 자주 했지만 실제로 보니 더 반가웠다. 짧지 않은 시간을 만나 온 우리지만 왠지 어색한 기운이 흐르기도 했다. 그 친구도 나를 보며 만감이 교차했는지 알 수 없는 미소를 지었다. 나 없이도 전혀 문제없이 잘 지냈던 이야기도 들었다. 심지어 여자 친구는 수영 수업을 다녀 중급반으로 올라갔다고 했다. 역시 독립적이고 주체적인 사람이었다.(난 이런 면을 좋아했다.) 함께 즐겁게 지내면서도 가슴 한편에는 꼭 해야 할 이야기를 미루지 말고 꺼내야 한다고 생각했다.

며칠 뒤, 여자 친구 집에서 나는 이제 서울에서 살 생각이 없다고, 다른 지역이든, 다른 나라든 새로운 곳에서 새로운 시도를 하면서 인생을 보내고 싶다고 이야기했다. 여자 친구가 지금 생활에 만족하고 있다는 것도, 굳이 새로운 모험을 시도할 의사가 없다는 것도 이미 알고 있었기 때문에 나로선 사실상 이별을 고하는 것과 다름이 없었다. 여자 친구는 말없이 가만히 있었다. 자정이 넘은 시간, 잠깐의 정적 뒤에 우리는 헤어졌다. '이렇게 이별하게 되는구나.' 생각하며 무거운 발걸음으로 집에 돌아왔다.

다음 날 아침, 집에 찾아온 여자 친구는 어쩐지 결연한 표정으로 말했다.

"나도 모험하면서 살고 싶어. 지금도 좋지만 새로운 시작도 좋아. 뭐가 됐든, 어디가 됐든 같이해 보자."

예상치 못한 반응에 어안이 벙벙했다. 당차고 올곧은 여자 친구 입에서 그런 말이 나왔다는 사실이 믿기지 않았다. 그날은 평행선을 달리던 의견이 하나로 합쳐진, 우리 사이에 역사적인 날이었다.

가족들도 오랜만에 밝은 미소를 되찾은 나를 보며 안도했다. 그동안 어떻게 지냈는지, 또 어떤 생각의 변화를 거쳤는지 이야기하며 웃을 수 있었다.

과거 가족들을 힘들게 했던 일들에 대한 미안한 마음이 가득했지만, 과거에 대한 사과와 감사보단 지금 그리고 미래에 내가 어떤 자세로 당당히 살아가느냐가 마음의 빚을 갚는 방법이라고 생각했다.

베를린에 있는 동안 엄마는 강릉으로 이사했다. 내가 어릴 적부터 강릉에 살고 싶다고 노래를 불렀던 엄마였다. 마침내 그 뜻을 이룬 것이다. 덕분에 나는 강릉 이곳저곳을 돌아다니며 강릉의 아름다움을 알게 되었다. 유럽 대륙 가운데에 있는 베를린에 살며 그토록 염원했던 바다도 실컷 보았다. 청소년 시절 속초에 살면서 지겹도록 보아 왔던 바다인데 전혀 다르게 느껴졌다. 파란 바다는 파란 바다대로, 노을 진 바다는 또 그 나름의 빛으로 나에게 감동을 주었다. 내가 베를린을 떠나 한국에서 살게 된다면 이곳도 나쁘지 않겠다는 생각도 했다.

그렇게 한국에서 어느 정도 정리를 마친 뒤 나는 다시 베를린행 비행기에 몸을 실었다. 유학 생활을 시작할지, 짐을 챙겨 다시 한국에 돌아올지는 알 수 없었다. 확실한 건, 처음 베를린으로 향할 때의 망연자실했던 마음가짐과는 달라진 모습이었다는 것이다.

내 무릎엔 한창 즐겨 읽고 있었던 무라카미 하루키의 에세이 『먼 북소리』가 올려져 있었다. 타국에서 글을 쓰며 자신에게 주어진 인생에 다양한 경험을 쌓아 가는 작가의 기록을 보니 내 가슴까지 두근거렸다. 책에서 작가가 언급한 먼 북소리의 울림이 내 귀에서도 희미하게 들리는 듯했다. 당장 어디로 흘러갈지는 알 수 없지만, 정신만 바짝 차린다면 그곳엔 분명 불안함을 대가로 한 설렘이나 성취감이 선물처럼 기다리고 있을 것이라고 확신했다.

계획은 없습니다

다시 돌아간 베를린에서의 생활은 전보다 훨씬 편안한 마음이었다. 방향을 어디로 정하든 이제 내가 원하는 삶을 나답게 살아 낼 수 있다는 자신감이 있었다. 주변의 다른 한국인 친구들처럼 독일 미술 대학에 대한 꿈도 있었다. 이젠 정말 배우고 싶은 분야가 생겼기 때문이다. 하지만 내가 하고 싶은 일이 오직 '미술'인가를 생각해 보면 물음표가 남았다.

어둠이 걷힌 뒤 나를 다시 바라보니 나는 그림뿐 아니라 글을 쓰고도 싶었고 어른들이 읽는 그림책도 만들어 보고 싶었다. 또 영상을 만들고 싶기도 했다. 언젠가 가능하다면 작곡을 배워 그 영상에 내가 만든 노래도 넣을 수 있을 것이다. 학교에서 배울 것도 있겠지만 지금까지 그래 왔듯 틀에 얽매이지 않고 내 직관대로 자유롭게 창작하며 살고 싶다는 생각이 더 컸다. 그렇게 생각하니 결정은 쉬웠다.

'그래, 한국으로 돌아가자.'

1년간의 베를린 생활을 마치고 한국으로 돌아왔다. 당장의 계획은 없었다. 단 하나, 일단 서울을 떠나야겠다는 생각뿐이었다. 작업 도구만 있다면 어디서든 살 수 있다는 것을 알았으니 서울보다 집세가 저렴하면서도 자연에서 위로와 영감을 얻을 수 있는 곳을 찾아야 했다.

처음 떠오른 건 바다였다. 왜인지 베를린에서 살 때 유난히 바다가 그리웠다. 한국으로 돌아가면 바다가 가까운 곳에 방을 구해 한 달 정도 꼭 살아 보고 싶었다. 강원도 고성의 교암 해변, 정말 엎어지면 코 닿을 거리에 바다가 있는 펜션 하나를 찾았다. 겨울 비수기였기 때문에 싼 가격에 한 달 정도

묵을 수 있었다. 낭만적인 기대를 하며 갔지만 현실
은 다르다는 것을 며칠 만에 느꼈다. 바다 근처는
습도가 높아 빨래가 잘 마르지 않았다. 반지하에 사
는 동안 생긴 집착이 있다면 바로 뽀송뽀송한 빨래
였다. 내가 그토록 바랐던 파도 소리도 24시간 내내
들으니 소음으로 느껴졌다. 어쨌거나 직접 겪어 보
지 않았다면 몰랐을 일이니 후회는 없었다.

고성에서 한달살이가 거의 끝나갈 즈음, 엄마가
살고 있는 강릉으로 향했다. 강릉은 편리한 도시이
면서 동시에 아름다운 자연이 가까이 있었다. 특히
윤슬이 빛나는 경포호에 반했다. 인쇄 감리나 거래
처 미팅으로 서울에 갈 일도 종종 있었기에 한 시간
반이면 서울로 갈 수 있는 강릉역 KTX가 있는 것도
좋았다. 참 극단적이게도 그날 난 바로 강릉에 낡은
아파트 하나를 계약했다. 엘리베이터가 없는 30년
도 더 된 낡은 5층 아파트였다. 앞으로 탁 트인 풍
경과 베란다로 드는 햇살이 마음에 들었다. 이어서

호기롭게 4일 뒤에는 중고차 한 대를 샀다. 정말 가진 돈을 다 털었다. 미래를 위한 비축보단 강릉에서 그림을 그리며 살아갈 환경을 먼저 만들고 나서 나중 일을 생각하자는 극단적인 행동이었다.

그러다 보니 마트에서 쌀 10kg을 사려다가 통장 잔액이 부족해 2kg으로 바꾼 날도 있었다. 헛웃음이 나왔지만, 내게 중요한 건 불안정한 삶 속에서도 하고 싶은 일을 포기하지 않고 하루하루를 살아가는 것이었기 때문에 그런 상황에서도 마음 한구석은 든든했다. 예전이라면 그저 비참한 삶이라고 치부할 수도 있었겠지만, 마음속 안개가 걷힌 내게는 그런 삶이 비참하기는커녕 매우 숭고하기까지 했다.

그렇게 시작한 강릉살이는 내 기대 이상으로 순탄하게 흘러갔다. 강릉에서 활동하는 다양한 사람을 알게 되었고, 알음알음 좋은 기회와 정보도 얻었다. 조력자가 아무도 없을 것이라 예상했지만 이곳도 사람 사는 세상이었고 나와 같은 생각으로 강릉에 와 자연에서 행복을 찾는 사람들이 적지 않았다. 크고 작은 협업과 프로젝트를 통해 내 경력을 만들어 갔다.

그러다가 코로나바이러스가 창궐했다. 전 세계인들을 경악하게 만들었던 그 사건이 내게는 또 다른 의미가 있었다. 베를린에 있을 때도 화상회의를 하면서 일을 진행한 적이 몇 번 있었는데 코로나로 인해 더 많은 일이 비대면으로 이루어졌다. 바이러스로부터 비교적 안전한, 인구 밀도가 낮은 강릉에서 나는 그다지 큰 불편을 겪지 않으면서도 다양한 일을 진행했다. 그즈음 파리, 런던, 홍콩 등 다양한 도시에 있는 브랜드들과 협업도 했다. 딱히 시대의 흐름을 읽으려고 한 것은 아니었지만 내 삶의 방식이 그 흐름과도 맞아서 나는 참 운이 좋은 사람이라고 생각한다.

그래픽디자이너로 일하던 여자 친구도 마침 이직을 고민하던 차에 코로나 사태가 터졌다. 여자 친구는 서울에서 다니던 회사를 그만두고 강릉으로 와 나와 함께 시간을 보냈다. 그리고 푸른 동해를 자주 찾으며 자연과 함께하는 삶에 스며들었다.

이윽고 우리는 결혼했다. 혼수나 신혼집 없이 식을 올렸다. 코로나 사태는 생각보다 길어졌고 우리는 우연한 계기로 구한 낡은 건물 2층 공간을 멋대로 꾸며 나가기 시작했다. 사실 거창한 계획을 갖고 시작한 것은 아니었다. 나 혼자 살던 아파트가 둘이 살기엔 너무 좁아서 한쪽 방을 차지하고 있던 그림들을 보관할 창고가 필요했을 뿐이었다. 창고에 그림을 옮기고 보니 '굳이 먼지 구덩이에 쌓아 놓을 필요가 있나?' 싶어 벽에 걸었다. 그게 지금 아내와 운영 중인 갤러리 겸 편집 숍 '오어즈'의 시작이다. 지금은 아내와 나의 작업물이 가득 채워진, 우리에겐 없어선 안 될 특별한 꿈의 공간이 되었다.

아내도 나도 무계획이 계획인 사람이라 때때로 난관에 봉착한다. 그럼에도 하루하루 즐겁게 재밌는 일을 하며 살아가자는 목표를 갖고 지내고 있기에 우리는 행복하다. 그런 삶의 방식이 오히려 융통성과 유연성을 갖는다고 믿는다. 안정적인 미래도 중요하지만 그게 현재 즐겁고 행복할 권리를 내다 팔 만큼 더 가치 있다고 여기진 않는다.

우리 삶이 또 어느 방향으로 흘러갈지는 알 수 없다. 나와 아내는 약속했다. 혹시라도 모든 것을 내던질 만큼 우리 가슴을 울리는 여정이 눈앞에 있다면 그땐 고민 없이 모험을 선택하자고.

모네에게

모네야, 네가 태어난 해에 이렇게 아빠의 인생을 되돌아볼 기회가 생겼다는 게 왠지 우연이 아닌 거 같아. 이 글을 네가 언제 읽을지, 아니 읽을 일이 영영 없을지도 모르겠지만 당분간 지구에서 함께 살아갈 동료로서 편하게 편지를 적어 보아.

이제 막 뒤집기를 시작해 아직 혼자서는 아무것도 할 수 없는 너를 통해 아빠의 수많은 시작을 떠올리게 돼. 엎드려서 목을 제대로 가누기 전까지 바닥에 얼굴을 몇 번씩 찍고 눈물 흘리는 너를 보며, '분명 이건 내 길이라고' 믿고 달려들었다가 벽에 가로막혀 절망했던 때가 생각났어. 뒤집기를 시도하다가 뒤로 꽈당 넘어가는 너를 보며 몇 번의 사랑과 인간관계에 좌절하고 밤을 지새우던 시절이 떠오르기도 했지. 종종 네가 좌절감에 서럽게 눈물을 터트릴 때 어딘지 내 마음 한구석에 뭉클한 감정이 이는 이유는 세월에 따라 그 대상이 바뀔 뿐 우린 계속 작은 허들을 넘어가며 성장해 가는 중이기 때문일 거야.

이 책은 어쩌면 너의 성장과 크게 다를 것 없는 아빠의 성장 일기야. 어른스럽기는커녕 감정적이고 즉흥적이고 자기 멋대로 살아온 아빠의 모습이 웃기지 않니? 처음에는, 너는 나와 달리 좀 더 효율적이고 보다 바른길을 가야만 한다고 생각했어. 하지만 이내 '보다 바른길이라는 게 정말 있긴 한가?' 싶더라. 결국 수많은 우연과 인연이 비처럼 쏟아지는 인생에서 우리는 다양한 삶의 결을 인정하고 매 순간 합리적 판단을 할 수 있도록 유연한 태도를 갖는 게 우선이지 않을까. 좀 미끄러지면 어때, 또 길을 잘못 들면 어때. 네가 어떤 삶을 살든, 널 사랑하는 사람들은 여전히 널 응원할 거야. 자주 삶의 방향을 수정해 나가도 좋으니 그 과정에서 너다움을 발견하길 바라.

그리고 꼭 하고 싶은 말. 넌 축복의 존재라는 것. 진부한 표현이라는 거 알아. 하지만 너를 통해 아빠도 정말 축복받아 마땅한 존재였다는 걸 새삼 깨달았어. 이런 줄 알았으면 좀 더 사랑하고 아껴 주는 데 시간을 쓸걸. 머리로는 알아도 가슴으로는 받아들일 수 없었던 귀한 진리를 너를 통해 조금씩 알아 가. 이렇듯 네가 원하든 원치 않든 너는 엄마 아빠에게 세상의 커다란 이치를 알려 주고 있어. 우리의 전부이자 자부심이며 사랑의 결실인 네가 이 사실을 항상 마음에 간직한다면 살면서 겪는 크고 작은 문제 앞에서 무너지지 않고 바로 설 수 있을 거라고 믿어.

너의 웃음은 건조한 일상 속 비가 되어 날 정말 행

복하게 해. 어쩌면 난 이 표정을 보기 위해 여태껏 달려온 게 아닐까 생각할 정도야. 너를 보며 나는 세상에 더 경탄하기 시작했고 앞으로도 너의 눈을 통해 나 또한 세상을 새롭게 보고 싶어.

사람이 불행해지는 것은 충분히 감탄하며 살지 못해서라고 생각해. 꽃은 왜 꽃일까. 하늘은 왜 하늘일까. 당연하지만 당연하지 않은 질문을 던지고 또 이야기하면서 세상의 이모저모를 함께 발견해 가자. 그리고 훗날 우리가 걸어온 소풍 같던 길들을 높은 곳에서 내려다보며 삶은 충분히 살 만한 것이었다고 이야기하는 거야.

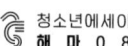
청소년에세이
해 마 0 8

계획은
없습니다

2025년 12월 5일 처음 찍음

글 김나훔 ┃ **펴낸곳** 도서출판 낮은산 ┃ **펴낸이** 정광호
편집 조진령 ┃ **디자인** 소요 이경란 ┃ **제작** 세걸음

출판 등록 2000년 7월 19일 제10-2015호
주소 10881 경기도 파주시 회동길 216, 202호
전화 02-335-7365(편집), 02-335-7362(영업)
팩스 02-335-7380
홈페이지 www.littlemt.com
이메일 littlemt2001ch@gmail.com
인스타그램 @little_mt2001
제판·인쇄·제본 상지사 P&B

ⓒ 김나훔 2025

ISBN 979-11-5525-187-4 43810